JN311123

つめたい恋の代償

御堂なな子

幻冬舎ルチル文庫

CONTENTS

✦目次✦

つめたい恋の代償

✦カバーデザイン＝小菅ひとみ(CoCo.Design)
✦ブックデザイン＝まるか工房

イラスト・花小蒔朔衣✦

つめたい恋の代償

1

ど、が付くくらいの修羅場《しゅらば》だ。ホテルの部屋の前でセフレとセフレがツノをつき合わせている。擢《かい》は、テンションを上げていた下半身が急激に萎《な》えていくのを感じた。

「擢は私のものなの。そこをどきなさいよ！」

「そっちこそ擢に触んないで。私が本命よ」

「……どっちが本命とか、議論しても意味ないと思うけど。最初から俺とは遊びだったはずだろ」

「そんなに簡単に割り切れない」

「私——擢のことが好き。本気よ」

二人の女にはそれぞれステディの彼氏がいる。希薄で快適な関係に、生々しい感情を持ち込まれるのは面倒だ。

「プライドがズタズタになる前にやめとけよ。一度寝たくらいで束縛する女も、待ち伏せする女も、どっちもパスだ。相手には困ってないから、帰るよ」

擢はわざと露悪的にそう言った。女どうしで罵《のの》り合うより、文句は男にぶつけた方がスマートだろう。

「ひどい……っ」

「最っ低！」

立て続けに、バシン、バシン、と、頬《ほお》に二発くらう。女の手でもビンタは痛い。

「耀、あなた人を好きになったことないでしょう。だからそんな風に言えるんだわ」

正しく反論すれば、人を好きになる暇がないだけだが。理系の難関大学に入って三年、ひたすら実験とレポートの毎日だ。

「恋愛がしたいなら彼氏とやって。もう連絡しないよ。じゃあね」

今度こそ本当にさよならをして、耀は二人の女のもとを離れた。背中側からケンカを再開した賑《にぎ》やかな声が聞こえる。

クールな溜息《ためいき》をついて、耀は長めの黒髪をかき上げた。毛先を遊ばせたヘアスタイルが、目鼻立ちの整った華のある顔に野性的な陰影をつけている。発達した上半身から長い足へと続く耀のルックスを、付き合った女たちはモデルのようだと評価するが、大学の友人たちからは浮いていると不評だ。

二十一歳にしては精悍《せいかん》過ぎる頬が、じんじんと火照《ほて》って腫《は》れている。もとから眼光の鋭い瞳を不機嫌に眇《すが》め、耀は百八十センチ台の長身をエレベーターの扉に滑り込ませた。

上階から下りてきた箱には、男が一人乗っていた。彼の髪は艶《つや》と言うにはあまりにずぶ濡《ぬ》れで、小柄な体に纏《まと》ったスーツも、乾いているところはどこにもなかった。

（外、大雨なのか）

暖冬のせいか、年が明けてもまだ雪が降っていない。ふと、權は不思議に思った。

（こいつ、上から乗ってきたよな。ホテルの中にいたんじゃないのか？）

男は右手に客室のキーを握っている。チェックインをしたばかりにしても、それならばエレベーターは逆方向のはずだ。

興味を引かれて、權は箱の隅に体を寄せ、動く気配のない男を見詰めた。銀色のフレームの眼鏡《めがね》に両目は隠されているが、彼の顔が女でもめったにいない美麗な作りをしていることは分かる。形よく丸みを帯びた耳と、そこから続く白磁の首筋。年齢不詳の頬から垂れる雨の雫《しずく》が、情事の前に浴びるシャワーを連想させる。

（こんな男もいるんだな。……女装でもしてりゃ、間違って声かけたかも）

心の中で不躾《ぶしつけ》なことを思いつつ、權は男から目が離せなかった。雨に朽ちゆく花に似た、呼吸さえしていないような儚《はかな》い姿に、ハンカチの一枚でも差し出してやりたくなる。

程なくエレベーターは一階に着いた。權がフロアへ出るのと入れ替わりに、男の姿は閉まる扉の向こうへ隠れた。

彼を乗せたままエレベーターは上昇していく。不審に思って待っていると、新しい客を乗せたそれが最上階から下りてきた。

「まさか――な」

呟《つぶや》いた櫂の前で、再び扉が開く。奥にまだあの男が乗っているのを見て、ち、と櫂は舌打ちした。

彼のもとへ歩み寄り、握り締めているキーの番号を見る。1150号室。短気な指で十一階のボタンを押して、櫂は男の顔を覗《のぞ》き込んだ。

「何回往復する気だ？」

無反応な男の頬から、また一雫、雨が流れ落ちる。ガラス玉の彼の瞳は、塗り潰《つぶ》したように黒く、感情の欠片《かけら》も宿していなかった。

（――ったく。女でもこんなに気を回したことないぞ）

ブラウンとアイボリーの家具で纏められたシンプルな部屋に、緩く暖房がかかっている。足元の柔らかい絨毯《じゅうたん》が、男の革靴についた水滴を吸い込んで色を変えていた。

「服ぐらい脱げよ。クスリでもやってんの？　それなら即行、逃げるよ？」

櫂は男の骨の薄い顎《あご》に指を添えて、俯《うつむ》いていた顔を仰向《あおむ》かせた。豊かな睫毛《まつげ》のずっと下、濡れた唇から漏《も》れる吐息に、微《かす》かにアルコール臭が混じっている。

（酒か。急性中毒になるほど飲んではいないようだ）

普段の癖で、櫂の目はまるで実験対象を観察するように冷静に男を分析していく。

バスルームへ連れて行こうと、櫂は男の腕を摑《つか》んだ。ぐらりと揺れた彼の体が櫂へとしなだれかかってくる。

「おい」

見た目通りの、軽い体だった。男は櫂の胸に頬を押し付け、温もりを得ようとしている。

櫂は男を凭《もた》れさせたまま、好奇心で彼の背中に触れてみた。華奢《きゃしゃ》な、およそ男性的とは言えない体つきをしていることは、スーツ越しの掌《てのひら》の感触で分かる。

「……う……」

すると、男が呻《うめ》くような苦しげな声を出した。櫂が手の動きを止めたのと、男の目尻から涙が零《こぼ》れたのは、ほとんど同時だった。

「どうした」

思えば、エレベーターの中で見た時から彼は普通の状態ではなかった。

「つらいことでもあったの？」

声を殺して忍び泣いている、その理由を知る術《すべ》はない。ただ、美しい造形をした瞳からとめどなく涙が伝い落ちるさまは、櫂に奇妙な庇護欲と、それよりも強い破壊欲を覚えさせた。

むくりと体の芯に湧き上がってくる、残酷な衝動。二発のビンタのやつあたりをできる相手が、お誂《あつら》え向きに現れただけかもしれない。修羅場を見たせいで萎えていたテンションが、

急激に、それも攻撃的に、出会ったばかりのこの男へと向かっていく。

「――俺が忘れさせてやろうか？」

燿が放ったその囁きが、男の嗚咽《おえつ》を小さくさせた。ひく、と鳴らした細い喉《のど》が、扇情的な角度で反っていく。

「あんたが女扱いされてもいいって言うなら、損はさせないよ」

底無しの漆黒を湛《たた》えた男の瞳に、燿の意地の悪い微笑《ほほえ》みが映り込んでいる。単なる気まぐれに過ぎない、最低でモラルのない言葉が、歪《ゆが》んだ唇から冗談混じりで零れた。

「俺を買ってみる？　金でカタをつけりゃ後腐れないだろう？　二時間で十万。それであんたは天国に行けるよ」

天国。それは燿とセックスをした後に相手がよく言う、睦言《むつごと》だった。男の耳にもその甘美な単語の響きは届いたようで、彼は指を震わせながらスーツの内ポケットを探った。

（意識はあるのか。こいつ）

男の手元から、握り損ねた財布が滑り落ちる。随分と多い一万円札と一緒に、プラチナやゴールドのカードが床へと撒《ま》かれた。

向こうがその気になったのだから、燿ももう引っ込みはつかない。カードに打たれたローマ字の印字を一瞥《いちべつ》した後、燿は一万円札を十枚ジーンズのポケットにねじ込み、男をベッドへ押し倒した。

「あ……っ……」

スプリングが弾み、彼の体が寝具に沈む。櫂は自分のコートを背後へ放《ほう》った。

「濡れたままじゃ、風邪をひくよ」

櫂は男の上着を脱がせ、眼鏡を取り去ると、首元を飾っているネクタイを解《ほど》いた。さっき見た財布の中身といい、着ている服の上質さといい、彼はとても裕福らしい。

普段のセフレが相手なら、ムード作りに髪を撫《な》でるくらいはする。互いの気分が乗ればキスを交わすこともある。しかし、櫂の今夜の相手は勝手が違った。

（……男にキスをしてやるほどの義理はない）

彼の小作りな唇は、ようやく息ができる程度に薄く開いている。たとえその唇がどんなに優美な輪郭をしていようと、男のそれだ。同性と交わったことのない櫂にとっては、触れる対象ではなかった。

前戯のキスは省略し、仕立て物のシャツに透けている平らな胸を盗み見ながら、整然と並んだボタンを外す。脱がせたそこから現れたきめ細かい肌に、何故《なぜ》女に生まれなかったのかと、埒《らち》もない考えが浮かんだ。

ベルトを緩め、スラックスを下着ごと引き下ろす。彼の体は成長途上の若木のような瑞々《みずみず》しさで、櫂に同性に触れるという嫌悪を抱《いだ》かせなかった。

「傷一つないね。――いくつなの？　年下は好みじゃないんだけど」

虚《うつ》ろな瞳を天井に向けたままの、精巧な人形にそう語りかける。試しに耳朶《みみたぶ》に唇で触れてみて、そこが女と同じく柔らかいことが分かると、愛撫にも自然に弾みがついた。

指を立てて彼の首筋を爪弾《つまび》き、押せば折れてしまいそうな鎖骨には唇を落とす。精悍な櫂の体の中で、唯一と言っていい柔らかなその肉に触れた、氷のような男の肌の温度。処女を抱くような繊細な触れ方では、冷え切った彼を悦《よろこ》ばせることはできそうにない。

櫂は自分の着衣を脱ぎ捨て、筋肉を纏った体を惜し気もなく明かりに曝《さら》しながら、男を抱き締めた。

「名前くらい呼んでいいか。なあ」

肌と肌が重なって、櫂の体温が男へと伝わっていく。抱き返すほどの力は、彼にはないようだった。

（確か――、カードに）

一度見ただけのローマ字が、正しいかどうか自信はなかった。消えかけている記憶を頼りに、一つの名前を呟く。

「まひろ」

男の瞼《まぶた》が、睫毛を揺らして上下した。

あまり耳にしたことのない名前だ。どういう漢字をあてるのかも思いつかない。

「まひろ――」

もう一度呼ぶと、男は空気にかき消えてしまいそうな小さな声で、呼び返してきた。

「……とも……や……？」

櫂は呼吸を止めて、男を見下ろした。彼の唇が今度は幾分かはっきりと動く。

「ともや」

ふ、と押し留《とど》めていた息を吐き出し、櫂は苦笑を浮かべた。ベッドの上で、抱かれようという瞬間に男が呼んだ名前。『ともや』という人物は彼にとって特別な存在であるらしい。

「そいつのこと、好きなの？」

極めて優しく、砂糖菓子のような甘い声音で櫂は尋ねた。男の瞳がじっと櫂を捕らえ、『ともや』ではなかったことに今更気付いたように、涙を溢《あふ》れさせる。

裸の櫂の胸を押し返して男は抗《あらが》った。ぐずる迷子に似た弱々しい手をいなし、櫂は彼の両腕をベッドに押さえ付ける。

「『ともや』じゃなくて悪かったな」

「ごめ……っ、なさ……」

「後悔してるならやめておく？　あんたが選べよ」

喉を喘《あえ》がせ、男はもう一度櫂を見上げた。無垢《むく》でいながら、彼の闇に沈みそうな儚げな眼《まな》差《ざ》しが、櫂の下腹部をじわりと熱くさせる。櫂は男の耳孔を唇で塞《ふさ》ぎ、息を吹き込むようにして彼を呼んだ。

「まひろ。——欲しかったら言え」

男の目尻から零れた涙が、こめかみを伝い、櫂の唇へと落ちてくる。舌先でその雫を舐《な》め取り、隙間もないほど彼を抱き寄せ、櫂は折り重なった下肢と下肢を絡《から》めた。

「とも……や。……ともや……っ」

女が絶頂する時よりもあえかな声で、彼は『ともや』を呼んだ。慎ましかった彼の性器が、興奮を兆《きざ》していた櫂の性器と擦《こす》れて硬く膨らんでいく。

泣き顔さえも誘惑になる彼の麗《うるわ》しさと、自分があっけなく同性のタブーを犯せる人間だった事実に、櫂は半ば驚き、半ば呆《あき》れた。

（本気で抱けそうだ。……いいか。どうせこれきり。男に屹《た》つなんて、二度とない）

乏しい知識を手繰《たぐ》って、口元で指を湿らし、男の狭い入り口を解《ほぐ》す。存外に熱いその温度を打ち消すように、櫂は小刻みに震える彼の両足を開かせ、自分の腰を割り入れた。

「——まひろ」

そして『ともや』の代わりに男の名前を呼んで、櫂は泣いてせがむ彼の体の奥を、深く貫《つらぬ》いた。

2

後期試験が終了した二月のある日。スポーツカーの赤い車体が、ガソリンスタンドの殺風景な空間に映えている。

「ハイオク満タン」

大学で研究中の分野に逆行するような注文をして、櫂は店員が操作している給油機のメーターを眺めた。すると、飲み物のホルダーに入れていた携帯電話が鳴った。

液晶パネルには、女の下の名前が平仮名で表示されている。セフレの電話番号を登録する時の櫂の癖だ。

「——誰？」

相手の顔が思い出せず、櫂は手にした電話をもう一度ホルダーへ戻した。しつこく鳴り続けた着信メロディは、ガソリンタンクが満杯になって、会計が終わる頃には止《や》んでいた。

「ありがとうございましたァ！」

冬の晴天の下、威勢のいい声に送られてスタンドを後にする。女の顔を忘れた薄情な脳裏に、一晩だけ抱いた男の顔が思い浮かんだ。

ベッドの上で震えていた『まひろ』。髪もスーツも雨に濡れて、抱き潰してしまいそうなほど細い体をしていた。

何度目の絶頂だったか、『まひろ』はセックスの途中で気を失った。一人でシャワーを浴びた後、汗や精液で汚したシーツを見て、櫂は漸《ようや》く気付いたのだ。夢中になって腰を振っていたのは、彼か自分か、果たしてどちらだったかということを。

笑い話にもならない同性とのセックス。

持て余すほどの欲望を叩《たた》き付けた挙句、彼を置き去りにしてホテルの部屋を出たことを、櫂は苦く思った。体に残った『まひろ』という熾火《おきび》が、今も櫂の内側で燻《くすぶ》り続けている。

「あいつ……どうしてるだろう」

記憶に鮮やかに刻まれた『まひろ』の顔が、街の雑踏の向こうで泣き顔へと変わっていく。目を凝らしても、車窓に透ける風景の中に、彼の姿を見つけることはできなかった。


洛央《らくおう》大学工学部、環境化学科の筆頭教授室で、櫂は愕然《がくぜん》とした。

予想もしていなかった『まひろ』との再会は、突然やってきた。

(嘘だろう?)

『エタノール燃料における素材融合比率』というタイトルの実験レポート。それを提出しに来た櫂の前に、白衣に眼鏡という研究者の典型のような先客が立っている。

「こちらは工学部に教授待遇でお招きした北岡《きたおか》さんだ。うちのバイオマス研究室の室長を務めていただく」

植物性アルコール燃料研究の第一人者である畑野《はたの》教授は、学者にしては肉付きのいい手で、隣の男の肩を叩いた。男の白衣の上には、『まひろ』と瓜《うり》二つの顔がのっている。

「彼は二十七歳の若さで、トミタ自動車の技術関発研究所の副所長を務めていたスゴ腕だよ。よく指導してもらえ」

あの儚げだった男が、業界屈指の研究所の元副所長とは。悪い夢だと思いたい。

「――四月から四年生になります、バイオマス研究室第一グループ班長の蓮見《はすみ》櫂です」

ぶっきらぼうな櫂の挨拶に、彼は落ち着いた声で、よろしく、と応えた。彼の眼鏡の下の瞳は涼やかで、櫂を前にしても動揺など微塵《みじん》もない。まるで全くの初対面のような態度だ。

（あいつ……だよな?）

拍子抜けをしながら、櫂は正面の顔をまじまじと凝視した。際立って綺麗《きれい》な容貌《ようぼう》も、小柄で華奢な背格好も、ホテルで抱いた『まひろ』に間違いない。

「ちょうどいい、学部内の案内をして差し上げろ。北岡教授、事務局や講義室の詳しい場所はこれに聞いてください」

「はい。蓮見くん、お世話になります」

プライベートにセックスを持ち込むような失敗はしたことがなかったのに、生まれて初めて抱いた男と、逃げ場のない大学で再会するとは思わなかった。燿はばつの悪い思いを抱えたまま、彼を教授室の外へと促《うなが》した。

「……環境化学科の教授や准教授の個室はさっきの階。今窓の向かいに見えてるのは、講義室の集まった教科棟。ここの研究棟五号館の三階から上は、俺たちバイオマス研究室のセキュリティエリア、です」

「工学部だけで研究棟が十棟あるんですね」

「この大学の主力なので」

適当にフロアの説明をしながら、禁煙の廊下を並んで歩く。あの夜のことなどなかったかのように、平然と言葉を交わす『まひろ』に、燿は内心、苛《いら》ついた。

(涼しい顔しやがって。俺のこと、忘れてんのか)

彼とのセックスに少なからず衝撃を受けたのに、当の相手は記憶すら残っていないらしい。釈然としないまま、燿はセキュリティエリア用のカードキーをホルダーに差し込み、暗証番号を弾いた。

「俺が班長をやってる第一グループは、主にサトウキビからエタノールを精製して、それを動力燃料に応用する技術を研究中です。教授の専攻は、何ですか?」

「機械工学です。トミタ在籍中はエンジン開発に携わっていました」

トミタ自動車は販売台数の世界トップシェアを誇る大企業だ。この会社の技術開発研究所が発表した、ガソリンの燃費効率を飛躍的に上げた次世代ハイブリッドカーは、学会でも紹介されて話題になった。

「何年か前に海外で表彰されてましたね。トミタの『アルティメット・エンジン』」

「知っていてもらえて光栄です」

「まあ、クルマは唯一の趣味ですから」

耀はバイオマス研究室の根幹である、エタノール精製のラボの前で立ち止まった。入り口とは違う暗証番号を押して、最新機器を揃《そろ》えたその部屋のドアを開ける。

「立派な設備ですね」

「企業の寄付のおかげですよ。トミタからも毎年もらってます」

洛央大工学部は産業界と太いパイプがあるおかげで、莫大な寄付が集まる。人材の交流も活発で、企業の求人にも事欠かない。耀がこの大学に進学したのも、好きな自動車業界への就職に有利だという明解な理由からだった。

「設備はここの他に、沖縄の契約農場で年中サトウキビを作ってます。夏には毎年、研究室の有志で植生実習もやりますよ」

沖縄は国内のサトウキビの一大産地だ。砂糖の原料になる糖蜜を搾《しぼ》った後の、廃糖蜜と呼ばれる物質を発酵させるとエタノールができる。実験で使う廃糖蜜は、農場から毎週空輸でこの洛央大まで運ばれてくる。

機器の並んだクリーンルームの中を、興味深そうに眺めている彼を、櫂は奥へと促した。

「私物は別室のロッカーへどうぞ。後で教授のネームプレートを貼っておきます。消毒室はその隣」

「はい」

「ラボどうしは直接行き来できないから、入退室はそこのドアだけ。当然オートロック」

二人の背後で、既にドアは固く施錠されていた。他に誰もいないラボの中は、実験器具が奏でる機械音とエアコンの送風音が絶えず鳴っている。

「防犯上、いちおう入退室の記録を取ってるんで、教授もお願いします」

櫂が壁のホワイトボードを指差すと、『まひろ』はそこに自分の名前を書き込んだ。

「それでまひろって読むの？」

ぴくん、と白衣の肩が跳ねる。彼の筆跡は、北岡真大《まひろ》、というフルネームで止まった。

「はい……そうです」

「へえ。女みたいな名前だね。――真大」

低い櫂の声に怯《おび》えたように、マジックを持つ真大の指が震えだす。初めて見せた彼の動揺を、櫂は見逃さなかった。

「白衣もいいけど、あんたは裸が似合うよ。なあ、そう思うだろ？」

耀がそう言うと、はっと真大は顔を背けた。耀は流れるような仕草で真大の銀のフレームの眼鏡を取り、男にしてはなめらかな彼の顎を指の節で押し上げた。

「覚えてるだろ？　俺のこと」

さっきまでの落ち着きが嘘だったように、真大は視線を彷徨《さまよ》わせて、激しく狼狽《ろうばい》した。

「お、覚えて、る」

「俺を見ても眉一つ動かさなかったな。騙《だま》されるとこだったよ。たいした演技だ」

真大は青褪《あおざ》めていた。脅すつもりはなかったのに、その愁眉《しゅうび》が嗜虐心《しぎゃくしん》を刺激する。眼鏡の先セル部分を唇に銜《くわ》えて、耀は囁いた。

「そう怯えるな。噛《か》み付きゃしない」

眼前の獲物。ろくに抵抗もできない真大を前に、耀は泡のように湧いた興奮に包まれていた。凶暴なそれは、女には感じなかった類《たぐい》のものだ。

（こいつを見てると、やたら熱くなる）

思わぬ再会に、ただ血が騒いでいるだけだろう。興奮にそう理由をつけて、耀は眼鏡を真大へと戻した。

「俺とあんたは今日初めて会った。そういうことにしとこうぜ」

真大の両目が丸く見開く。救いを求めるように、それが赤く潤み始めた。

「俺も学部にチクられると困るし。黙ってる方があんたもいいだろ？」

こくん、と頷《うなず》く姿が子供じみている。顔が揺れた拍子に、真大は涙を零した。教授と学生なら社会的立場は教授の方が高い。同性との関係を知られて、リスクを負うのは真大の方なのだ。

「泣くなよ。ほっとして気が抜けた？」

「違う。君が……、君が優しいから」

冷たい人間だという自覚ならある。およそ不似合いなことを言われて、櫂は苦笑した。

「勘違いするな。気絶するまで俺にやられたこと、覚えてないのか」

濡れている両目を瞬《しばた》いて、真大は櫂をまっすぐに見上げた。

計器の、ピ、ピ、と一定のリズムで鳴る音が鼓動に重なる。櫂と視線を合わせるうちに、澄んでいたはずの真大の瞳が、熱っぽくぬかるんでいく。

一ヶ月ほど前の、セックスの最中の真大を思い出して、櫂は背中をぞくりとさせた。

「――もしかして、また抱かれたいの？」

意地の悪い質問だということは櫂にも分かっていた。白衣の胸元を握り締め、真大は何か考えている。

「即答しなよ、北岡教授。違うってさ」

噤《つぐ》んでいた真大の薄桃色の唇が、ゆっくりと開いた。

「ここ以外で、また……君と会いたい」

何を言われたのか、櫂はすぐには判断できなかった。

「あんた意味分かって言ってる?」

「……こんなこと、冗談では言えない。君をまた、買いたい」

「真大――」

思わず名前で呼ぶと、泣いて赤くなっていた真大の頬がさらに色味を濃くした。

あの夜、真大が支払った十万円は、そっくりそのまま自宅に眠らせてある。男を抱く理由にした金を、櫂は使う気分になれなかったからだ。

「頭おかしいよ、あんた」

「自覚はしてる。――でも、きっかけを作ったのは君だ」

「俺?」

「忘れられないんだ。君がとても優しくしてくれたこと。……君は、僕が知らなかった天国へ連れて行ってくれた」

恥ずかしそうに言葉を選んで、真大は俯いた。彼にとっては、あれが初めてのセックスだったらしい。

微熱のような虚脱感を覚えながら、櫂はさらさらの髪が揺れる真大の頭の上に、掌を置いた。

「何だよ。俺に突っ込まれて、そんなによかったのかよ」

　燿より頭一つ分ほど背が低い、小柄な体をさらに縮めて、真大はじっとしていた。肯定のサインに見える彼の姿が、燿の中に淡い征服欲を呼び起こす。

「――くそ。男のセフレなんかいらねぇのに」

　悪びれた風に言って、燿は真大の髪をくしゃりと掴んだ。あの夜の記憶と同じ柔らかさが、彼を突き放すことを拒ませる。所有物のように燿は真大を引き寄せ、眼鏡のその顔を自分の胸に押し付けた。

「く、苦しいよ……っ、蓮見くん」

「気持ち悪い。燿でいい」

「燿――くん」

「俺の携帯、教えてやるから。あんたの言い値で買われてやる」

　商売だとでも思わなければ、こんな約束は交わせない。真大と秘密を共有するのも、そうしてもいい気になったのも、報酬目当てだとしておけば自分に言い訳できる。

「ハマり過ぎて破産すんなよ。大学教授の年俸なんか、たかが知れてんだから」

「ありがとう――」

　真大の唇の戦慄《わなな》きが、着衣越しに燿に伝わる。くすぐったい、と顔を顰《しか》めながらも、燿は真大が離れるまでずっと彼を胸に抱いていた。

3

真大と秘密の逢瀬を重ねるうちに、街は冬から、夜桜が美しい春になった。

彼がルックスだけに秀でた人間ではないことは、頭の固い学者の世界に二十歳代で教授として招かれたことからも、容易に知ることができた。

四月から始まった真大の講義は、トミタの研究所の元副所長という肩書きも相まって、工学部一の人気を呼んでいる。彼が優れているのは、知識や研究実績が専門分野に偏りがちな一般的な教授と違い、工学のどんな分野にも精通しているところだ。温和で学生の指導にも手を抜かず、講義後は常に質問責めに遭っている真大の姿を、耀は講義室の後ろの席で眺めていた。

「すごいよな、北岡教授。トミタ時代は年俸三億だって」

「アメリカの政府系研究所の誘いを蹴ってうちに来たらしいぜ」

近くの席で、同じ学科の学生が真大の噂話をしている。

注目を浴びる容姿と、人柄のよさと、高い研究能力を持ったエリート教授。どこにもつけ入る隙のない真大に、耀だけが違和感を抱いていた。あまりに彼の姿が完璧過ぎて、まるで人工物のように見えるからだ。

（知能を植え込んだ精密機械みたいだな。あんたは）

学内で過ごす時、真大はたいてい、堅いデザインのネクタイを結んで白衣を着ている。眼鏡の似合う理知的な瞳も手伝って、さながら鎧《よろい》武装だ。

白衣を脱ぎ、眼鏡を外した時の真大の姿を櫂だけが知っている。羨望《せんぼう》と敬意の的の教授が、パセティックに瞳を赤くし、足を開いて乱れるさまを。

「蓮見くん」

ソプラノの声に呼ばれて、櫂はふと意識を現実に戻した。他の研究室に所属している、工学部内で美人と評判の大学院生が隣に立っている。

「お昼、一緒にしない？」

「――ああ、いいですよ。先輩とメシ食ってたら、そこらじゅうから恨まれそうだけど」

「うちの教授がバイオマス研究室の偵察をしろって。特にあの、王子様みたいな北岡先生のことを重点的に」

「何だ。そういうことですか」

櫂は女用の華やいだ笑みを浮かべて席を立った。

講義室を出ようとして、不意に背中に視線を感じる。振り返ると、遠く教壇から見詰めている真大と目が合った。眼鏡を透かしたその眼差しは、直截《ちょくせつ》な情欲を纏って櫂を貫いてくる。

（……今夜だろ。分かってるよ）

真大にそっと頷きを返して、櫂は先輩の後を追った。櫂の携帯電話に真大から予約のメールが届いたのは、それから一時間後のことだった。

密会は週に一度、実験の日程の少ない水曜日と決めている。場所は二人が最初に出会ったレイモンドホテルの１１５０号室。午後七時というういつもの時間に、ロビーにあるティーサロンで待っていた真大を、櫂は背中に隠しながらエレベーターへ乗せた。

「誰が見てるか分からない。先に部屋に入ってろって言ったろ」

「だって、君が来てくれるか不安だったから」

到着のチャイムを流し聞きし、十一階の使い慣れた部屋へ向かう。室内へ入るなり、真大は自分から眼鏡を外して、ベッドサイドのテーブルにそれを置いた。

「君を、――一人占めにしてもいい……？」

「何を甘えてんの」

紅茶の残り香がする上着を脱がせ、櫂は彼をベッドに組み伏せた。シーツに埋もれながら、一心に見上げてくる真大の瞳。同じ眼差しを真昼の講義室で向けられた気がする。

「君は女の子にも、もてそうだから」

くっと櫂は喉で笑った。女の先輩と言葉を交わしただけで、真大はもう抱いてくれないのではないかと心配している。おもちゃを取られそうな、駄々っ子の独占欲だ。

「あんたはここで、裸で待ってればいい」

「櫂くん……」

「二人きりでいる時は、俺はあんたのものだよ。他の奴のことは忘れろ」

白い首筋を吐息でくすぐるように呟き、櫂はそこを啄《ついば》んだ。女とは違い、香水もメイクもしない真大の肌は、陶器のようにすべらかだ。年下の櫂でさえも敵《かな》わないくらい、無傷で美しい。

「櫂くん――お金、払う」

「それより早く欲しいんだろう？　俺が」

櫂は真大のスラックスのジッパーを下ろして、膨らんでいるそこをやんわりと撫でた。

「屹ってる。下着が濡れてるよ」

「い、言わないで……」

「講義の時からこうだった？　教壇であんたがオナニーショーをするなら、出席率がもっと上がるだろうな」

「いや――櫂くん、そんなことを言うの、やだ……っ」

学内で見せる教授然とした姿と同じく、この幼稚な痴態や声まで作られたものだとしたら、真大はたいした役者だ。

「今日も幼児プレイか？　大学の奴らにバラしてみたいよ。北岡教授は男を銜え込んでる好きモノだって。講義室で蘊蓄《うんちく》を垂れながら、いやらしいことばっかり考えてるんだろ」

「ああっ」

言葉で責めただけで感じている。淫猥《いんわい》さとはおよそ無縁な、更地だった真大の体に、セックスの味を教えたのは櫂だ。

新雪を踏みつけて穢《けが》すような、ふつ、と胸に湧いてきた愉悦を、櫂は真大への愛撫に変えた。脱がせた服をベッドに散らして、彼の足の間に顔を埋《うず》める。

「あっ……っ、駄目――」

「逃げんな。もう慣れたろ？」

同性の性器に口で奉仕するなんて、真大に出会う前は想像もしなかった。彼の体の中で、櫂の唇がまだ触れていないのは、唇だけだ。口淫でさえ抵抗なくできるようになったのに、真大とキスをする気には、一度もなれない。

「俺にこんなことさせるの、あんただけだ」

今夜の前戯もキスをスルーして、真大の赤い先端を、つう、と舌で責める。ぬめりのある雫が口腔を侵しても、彼なら許せる。金で買われているという口実のせいかもしれない。

「あ……っ、あ……！」

真大が切ない声を上げている。桜が風に揺れる心許なさより、真大の震える睫毛は儚い。

「いけよ。真大」

ふる、と前髪を揺らして真大は拒んだ。ベッドヘッドの明かりに彼の色素の薄い髪が溶け込んで、夕暮れの茜《あかね》のような色をしている。

脈動を繰り返している屹立《きつりつ》を、擢は口蓋《こうがい》と舌で激しく扱《しご》いた。悩ましい声と恥ずかしい水音が辺りに弾ける。

「いや――、んっ、んうっ、あああっ」

真大を陥落させるのは容易《たやす》い。舌の上で跳ねたそれは、擢の口腔から出て行く余裕もなく白濁を散らす。

「はっ、はあっ」

息を乱している真大を見ながら、しどけなく開いた下肢の間で、擢は唇を拭《ぬぐ》った。喉の奥で粘つく青苦い味。先の見えない階段を一つ一つ下りるように、真大にしてやれることも増えていく。

「の……飲んだ、の？」

「少しな」

「ごめん……」

羞恥《しゅうち》なのか悦びなのか、複雑に色を変える真大の瞳を見下ろすのは、そう悪くない。

「——高い金払ってくれるから、サービス」

燿が微笑みを向けると、真大はどこか痛むように睫毛を伏せた。彼はベッドの上で皺《しわ》を作っていたスラックスに指を伸ばし、ポケットからぶ厚い封筒を抜き取った。

「燿くん、これ。今日の分」

「毎回毎回、よく払えるね」

逢瀬のたびに、真大が勝手に吊り上げていく、二時間分の燿の値段。男を買う相場は知らないが、大学生の一ヶ月分のバイト代よりも、遥《はる》かに高いだろう。使う理由も目的もない金が、ただ燿のもとで溜《た》まっていく。

「それ、そのまま握ってな」

「え……？」

「視覚的な興奮ってやつ」

先に支払おうとする真大を制して、燿は彼の体を横たえた。無抵抗な真大の右手が、封筒からはみ出した一万円札を摑んでいる。燿は真大の小さな乳首に、尖《とが》らせた舌を這《は》わせた。

「んっ」

ぎゅ、と真大が掌を握り締める。見下ろした燿の視界に、ぐしゃぐしゃに折れた一万円札が映った。

「まるで俺があんたを買ったみたいだ」

買われたのは自分の方なのに、錯覚が生む刺激が櫂の性器を奮い立たせる。一度で終わるはずだったこの関係が、季節を跨《また》ぐほど続いている理由を櫂は計りかねていた。

新しいセフレも作らずに、一人の男をこうして抱き続けている。ラボで毎日のように顔を合わせる、周囲にけして知られてはならない間柄だというのに。リスクを訴える心より、体の方が先に真大に馴染《なじ》んで、櫂は今夜も欲望を滾《たぎ》らせている。

「——入れるよ。目を瞑《つぶ》って、息を吐いて」

「はい……」

真大はいつも、とても従順だ。櫂の言うことやすることに、けして逆らわず、自分からは命令一つしない。

ジェルで潤した真大の秘所に、櫂は避妊具をつけた屹立をあてがった。腰を進めるごとに、柔らかい真大の肉の圧迫と、引きずり込まれるような収縮を感じる。彼の熱さに全身がざわついて、強烈な射精感を煽《あお》られる。

「櫂くん——。櫂くん」

深くまで貫き、熱く溶けた粘膜を擦り上げると、男を覚えて淫《みだ》らになった体とは裏腹に、真大は不安そうな声で櫂を呼んだ。

「どうにかなりそう……っ」

過ぎた快楽を怖がっている。金に飽かせて遠慮なくそれを貪《むさぼ》れるほど、真大はすれていないのだ。

「俺にしがみ付いてな。……ほら、来いよ」

何度抱いても初々《ういうい》しい。目尻に薄く涙を滲《にじ》ませ、真大は両腕を空に向かうように伸ばしてくる。シーツに一万円札が散らばって、櫂の襟足《えりあし》に梳《す》き入れられた真大の指が、まるで唯一の命綱を求めるかのように髪を掴んだ。

「櫂、く……んっ、あっ、あっ……！」

深く浅く、律動を開始する。真大の切迫した声と、快楽に抗えないその姿を、櫂はかわいらしいと思った。

(男にそんなこと――バカみたいだ)

自分の気持ちを否定しながら、櫂は腰の動きを激しくした。きゅう、と真大のそこが櫂を締め付ける。熱い引力を打ち負かして、櫂は真大の弱い場所を何度も突き上げた。

「あぁ……っ！　いく――、君も……っ」

あんたが先だ。櫂はそう言おうとした。

櫂が言葉を紡ぐよりも早く、真大は啜《すす》り泣いて言う。

「一緒、に、いって――」

切れぎれの声で真大は懇願した。壊れそうなくらい早鳴りしている彼の心臓ごと、櫂は真大を抱き締めた。

「どこかのスケベな親父にねだってやれよ。きっとヨダレ垂らして喜ぶぜ？」

「いやだ……。君がいい。僕は——君がいい」

意識を蕩《とろ》かせながら真大は囁く。それは、濃いセックスが言わせた束《つか》の間《ま》の喘ぎと同じ。意味さえ無い言葉だと決め付けて、櫂はしゃにむに真大の体を責め立てた。

（あんたが本当に欲しいのは、俺じゃないだろ）

たまたま出会ったのが櫂であっただけで、真大は自分を満たしてくれる相手なら、たった一人の男の他は、きっと誰でもいい。

体を繋《つな》げている間はいつも、真大は涙を流している。固く閉じた瞼の奥から溢れてくるのは、与えられた快楽を全部貪ろうとする、飢餓にも似た彼の渇望だ。

（『ともや』って奴とは、何で寝ないの）

真大の瞼の裏側に、今誰が映っているのか、櫂はもう知っていた。彼が流す涙の中には、快楽ではないものが混じっている。鉱石の中に溶けた不純物のように、代用品で飢えを満たす自分自身への、罪の意識があるに違いない。

（——バカな奴。金でセフレなんか買うからだ）

何か、黒い霧のようなものが櫂の中に揺らめいて、もっと残酷なことがしたい気分を煽る。貫いたまま真大の体を裏返し、惑う両膝をシーツにつかせて、櫂は躊躇《ちゅうちょ》なく体重をかけた。

「んっ、うう…っ、や……っ！」

四つん這いの屈辱的な格好で、真大は皺だらけのシーツに頬を埋めながら、喘いだ。細い腰の奥の奥まで到達した櫂の先端に、怯えるような真大の震えが伝わってくる。

「ああっ……っ、こんな……っ、いや……っ」

「今までで一番、奥まで入った」

「ひう……っ、怖、い、櫂くん――」

「怖い?」

掴んだ腰を引き寄せ、深く繋がったまま櫂は動きを止めた。真大をめちゃくちゃにしてみたいのに、買われた立場の櫂に、それはできない。胸に残酷な衝動を燻らせながら、汗の粒が浮いた彼の背中に、唇を落とす。

「んっ、く」

「震えんな。あんたが気持ちよくなることしか、しないよ」

真大にとっては初めての体位。冬に出会ってから今日まで、律儀《りちぎ》に正常位でしか交わらなかった。それが買われた男の、最低限の礼儀だと思えたからだ。

後ろから深々と貫かれる、動物のような行為に真大が馴染むまで、白い背中を櫂は何度も唇であやした。啄むたびに残る赤い痕《あと》は、次の痕がつく頃にはもう消えている。

淡く小さな愛撫を重ねて、櫂は真大の緊張が和らぐのを待った。

「……ふ……、あっ……っ」

ベッドチェストに塡《は》め込まれたデジタル時計が、どれくらい進んだだろうか。真大の隘路《あいろ》に埋めたままの、櫂のそこに、うねるような波が押し寄せてくる。怯えて硬くなっていた肉が解けて、櫂の体温と混ざり合うように、真大の内側が熱く蕩けだした。

「もう動いていいか」

ぞく、と背中を震わせて、真大は頷いた。シーツに埋もれた彼の瞳が、また潤み始める前に、櫂は自分の腰を前後に動かす。

「あ……っ、は……」

貫いた場所から、じゅぷん、と濡れた音がするたび、真大の体の中のうねりは大きくなった。肉の壁が櫂に纏い付いて、もっと突いてくれとでも言いたげに蠕動《ぜんどう》する。真大が十分に快感を得ていることに、櫂は密かに目を瞠《みは》り、同時に忍び笑った。

（淫乱な体）

無垢だった真大を誰がそうしたのか、肝心なことは棚に上げて、何度も腰を叩き付ける。わざと水音が立ついやらしい抱き方を、真大はひたすら健気《けなげ》に受け止めて、自分の腰を櫂へと摺《す》り寄せた。

「んっ、あ、ん」

「真大。こんな犬みたいなやり方も、いいだろう？」

「う、うん……。ああ……っ、あ……っ、櫂、くん、櫂くん」

「もっと呼べよ。お望み通り、あんたのおもちゃになってやる。あんたが満足するまで、ここに入れてやるから」

「うん、うん……っ、櫂くん……っ、あああ……っ！」

――ありがとう。シーツに吸い込まれていく真大の声から、櫂の耳は確かにその言葉を聞き取った。

欲望を満たすだけの水曜日の夜の二時間を、ドライに楽しめばいいのに。何故か真大は、いつもその言葉を口にする。

（くそ……っ）

ありがとうと言われるたび、櫂は返す言葉を失って、唇を噛んでしまう。

真大の腰を思うさま揺さぶり、彼に泣き声を上げさせ、金の入った封筒を眼下に見ながら、おもちゃになってやったふりをする。そんな櫂の態度のどこに、真大に感謝されるものがあるだろう。

（こんなことに感謝するあんたのことが、俺は少しも分からない）

これ以上ないほど真大の体を知りながら、彼の心は櫂には少しも見えなかった。

いつ終わらせてもかまわない、真大がもうやめよう、と言えば、すぐになかったことになる偽りの関係。抱けば抱くほど艶《なま》めいていく彼の声だけが、櫂の耳の奥で鮮明に鳴り響く。

二人の間に確かなものがあるとしたら、それは言葉よりももっと単純なものだ。

「櫂くん……っ、あぁ――――！　櫂……！」

きつく自身を締め付けられて、櫂は息を詰める。櫂の名前を呼び捨てにして、真大は絶頂した。甘い余韻を残すその声が、かりそめに過ぎない情事をあたかも恋人の密事だと思わせる。

「く……っ」

真大の忘我の震えを味わい、頭の中を一瞬白くさせて、櫂も吐精する。乱れた息を整える間、大きさを変えない櫂のそれを、真大の内側がもどかしそうに包み込んだ。

足りない、と正直に訴えている、貪欲《どんよく》な彼の体に苦笑する。櫂は真大を仰向けにすると、彼のうっすらと開けた、欲情をともしたままの瞳を見詰め、汗で乱れた前髪をかき分けた。

「もっと欲しい――――？」

「……っ……」

「真大。口で言え」

「……ほし、い」

恥ずかしそうに逸《そ》らす真大の視線を追い駆けて、しっとりと濡れた額《ひたい》に口付ける。残酷になりたい衝動の後、櫂に襲ってくるのは必ず、真大を今この時に満たしてやれるのは自分だけだという、奇妙な優越感だった。

「もう一回、いかせてやるよ」

あの声をもっと聞きたい。感謝の言葉などでなく、快楽の虜《とりこ》になった真大が、理性をなくして求めてくる声を。

「櫂……くん」

赤く色付いた唇で、真大は櫂を呼んだ。首に回してきた彼の両腕が、離れないように、ぎゅ、と互いの体を繋ぎ止める。

再び閉じていく真大の瞼を、櫂は黙ったまま盗み見た。出会った日を最後に、『ともや』という名前を、彼は呼んだことがない。

4

「おはようございます、北岡教授」

翌週の水曜日の朝、櫂が学食でモーニングを食べた後、講義室の並ぶ教科棟の廊下を歩いていた時だった。真大が直属の助手である院生を連れて、博士課程の演習に向かっているところに出くわしたのは。

「おはようございます。蓮見くんは、これから講義ですか?」

「——はい。畑野教授の熱化学総論を受講しているので」

「そうですか。熱心ですね」

では、と短く言って、真大は廊下の反対側へと歩いていく。まっすぐな彼の背中で翻《ひるがえ》る白衣は、今日も清廉で気高《けだか》く、一週間前の夜にベッドで乱れたことを少しも感じさせない。

「いつもいつも、呆れるくらい見事な演技だな」

周囲に誰もいないことを確かめながら、櫂は溜息混じりに呟いた。教授陣はおろか、学生に対しても敬語を崩さない真大は、学内では櫂も周囲と同じように扱う。彼は彼なりに、櫂との秘密の関係を守るために気配りをしているようだった。

(こういうところは徹底してる。器用に立ち回れるタイプには見えないのに)

昨日のうちに、櫂を今夜二時間買うと、真大からメールがあった。あらかじめ時間を空けてある櫂には、わざわざ予約を入れなくても、別段何の支障もない。

二人きりの時に見せている顔を、真大は絶対に大学では見せない。彼の中でどんな線引きがされているのかは知らないが、櫂にとってもそれは都合がよかった。

（バレたらあんたも俺も破滅だ。……あんたの化けの皮を知ってるのは、俺だけでいい）

櫂は無造作に髪をかき上げて、床に根を張ったように立ち尽くしていた足を、どうにか動かした。毎週水曜日は、他の曜日より少し憂鬱《ゆううつ》な気分になる。

いつまでこの関係を続けるのか、数メートル先も見えない深い霧に囲まれているようで、気が重い。今夜真大と過ごすことを考えると、条件反射のように血が集まっていく下半身とは裏腹に。

解析不能な心と体の矛盾を抱えながら、櫂は講義室の片隅で時間を過ごした。熱心だね、と真大は褒めてくれたのに、講義に集中することはできなかった。

『すみません。今夜は所用ができたので、君の予約は取り消します。また来週の水曜日、いつもの時間に会ってください』

携帯電話を指先でいじりながら、櫂は届いたばかりのメールに、了解、とだけ返信をした。水曜日の夜の予約を、真大がキャンセルしたのは初めてだった。

（所用？　臨時の教授会でも入ったか）

電話をジーンズのポケットに突っ込んで、櫂はぐったりと椅子の背凭れに体を預けた。拍子抜けをくらったようで、何だか居心地が悪い。あるものだと思っていたスケジュールが急になくなると、その二時間を埋めるのに頭を使う。

（どのみち今日は、夜中から観察の当番がある。——早めにメシを食って、ラボで準備をしておくか）

バイオマス研究室では、実験を二十四時間観察して、交替でデータを取ることも少なくない。研究室に所属している学生を、細かくグループに分けているのはそのためで、第一グループの班長の櫂は、常に複数の実験に関わっていた。

「蓮見ぃ、いるかー？」

ラボに近い研究棟の一室にいた櫂は、自分を呼ぶ声に振り返った。同じ第一グループの友人、四年生の江藤《えとう》が、このフロアでは少ないカードキー不要のドアを開けて入ってくる。

ここはバイオマス研究室専用の談話室で、ミーティングやディスカッションに使う他に、気軽に学生が出入りできる溜まり場になっていた。

「いるよ。何」

「お前今度の北岡先生の歓迎会、どうすんの。幹事がお前だけ出欠まだだって言ってたぞ」

「……あったな、そんなの。忘れてた」

真大が研究室の室長に就いてから、みんなそれぞれに実験や演習で忙しく、歓迎会が延び延びになっている。ゴールデンウィーク前の今の時期になって、やっと日程が決まったのだ。

「いちおう俺も顔を出すよ。江藤は?」

「三次会までフル参戦。あんまりみんなで集まって飲める機会もないしー、先生とお近付きになりたいしー」

「バッカじゃね?」

きつい突っ込みを入れながら、幹事のアドレスに出席のメールを送る。すると、櫂の突っ込みにはもう慣れっこな江藤が、おもむろに神頼みをするように自分の両手を合わせた。

「それとさあ、お前に頼みがあるんだけど、当番替わってくんないかな。今夜の観察は俺がやるから、明日お前やって」

「あ——別にいいけど」

「ありがと! 助かるわー。明日急に彼女がうちへ来ることになってさ。実験詰まってて、次に会う見通し立たねーし。これ逃すとマジふられそうなんだよ」

「遠距離も大変だな。理系のオトコなんか作るもんじゃないって、俺がその子に言ってやろうか?」

「冗談やめろっ。お前みたいなタラシを彼女に会わせたら、即行で浮気されるわ。人のもん取るなよ。お前にはいくらでも相手がいるんだろ」

「別に。タラシてねぇし」

ひどい言われようだが、白衣を着ていてもモデルのように華やかな櫂の、研究室内でのイメージはこの程度だ。プライベートを見せない秘密主義のせいで、やたら遊んでいるとか、女を泣かせているとか、勝手に噂を流されている。

（……確かに相手に困ったことはないけど）

中学の時に告白してきた同級生の彼女の他は、櫂が付き合った相手は全員、年上の大人の女だ。セフレでもホスト代わりでも、面倒な恋愛に発展しないなら櫂はどちらでもいい。互いを束縛しないのが第一条件で、欲しい時にだけ会って抱き合う関係が、ドライな性分によく合うと思っている。

相手が本気で櫂を好きになることはあっても、逆はなかった。一人の相手を選んで、恋愛にのめり込む感覚がよく分からない。

中学時代の同級生の彼女は、櫂が構ってくれないと言って、一月後には別の男と付き合い始めた。その当時から去る者追わずの櫂は、心の底から誰かを欲して熱くなったことがない。

（そう言えば、あんたも年上だよな）

不意に真大のことを思い出して、櫂は、ふ、と吐き捨てるように笑った。途切れずに何人もいた今までのセフレの中で、一番長く続いた相手が、まさか男だとは思わなかった。

真大が几帳面な性格だからか、彼との間に金が介在しているからか、毎週水曜日に必ず抱き合うという、櫂にとっては異例の数ヶ月が流れている。

だからこそ、ぽっかりと空いた今夜の時間を、櫂は持て余してしまった。真大との密会に慣れ過ぎて、彼に出会うまで、水曜日の夜に何をして過ごしていたのかよく思い出せない。どうせ実験かレポートが関の山だ。

「そうそう、話は変わるけどさ、お前キョーシンの面接受ける気ない？」

「キョーシン？　京極《きょうごく》新化学産業か」

「そう。うちのバイ研から出向してる先生がさ、新卒の助手を探してんだよ。条件はいいんだけど、俺は他に内定もらってるし。お前にどうかなって、向こうから話があったんだ」

「――コネかよ」

実績のある研究室に所属する洛央大生は、コネや外部からの打診で、大抵四年生に上がる前に就職先が決まっている。実際、櫂にも今までいくつか誘いはあったが、妥協して自分の将来を決める気はなかった。

「俺はいいよ。キョーシンは樹脂化学系だろう。希望と違う」

「そっか。じゃあ向こうには断っとく」

「ああ。悪いな」

「いいって。俺たちは選べるうちが華だし？　北岡先生みたいに優秀過ぎると、ガチガチにガードされてどこにも行けなくなるぞ」

「ハッ、それは困るな」

友人から突然真大の名前が出ても、櫂のポーカーフェイスが崩れることはない。人気教授として、学生の間で真大の話題が出ない日はない。そのたびに自分しか知らない彼の淫らな姿が思い浮かんで、櫂はいつも白けた気分になった。

「ガードが堅い割りには、トミタ自動車は案外簡単に教授を手放したんだな」

「そんな訳あるか。北岡先生はトミタ・エンジンの核心部分を開発してた人だぞ？　退職で相当もめた後、あそこの研究所の所長と懇意にしてる畑野教授の口利きで、何とかうちの大学へ呼べたらしい。それでもまだトミタ側は未練たらたらで、北岡先生に復職の交渉をしてるって話だ」

「情報漏洩《ろうえい》を心配してるんじゃないのか。うちの研究室はトミタ以外の企業関係者も出入りするし、あの天才を雇いたいところは山ほどあるだろ」

「トミタのライバル社のホクト技研も、北岡先生に何度も面会を申し込んでるってさ。畑野教授が毎回突っぱねてるけど、講師や院の先輩たちが、移動の時も先生に張り付いてピリピリしてるよ。悪い虫に手をつけられたら敵わないって」

「悪い虫って――」

櫂はこみ上げてきた笑いを嚙み潰した。洛央大の優秀な研究者の周りには、よく企業や他大学のヘッドハンターが出没するが、彼らのことを間男のように言うなんて。

（トミタの研究所で守られていた真大は、さしずめ深窓のお嬢様ってところか。ハンターもオオカミもうようよいる大学なんかに来て、あいつ大丈夫なのか？）

今朝廊下で真大と擦れ違った時、院生が一緒にいたのは、彼をガードするためだったのかもしれない。確かに真大の講義には、洛央大の外部の人間がたくさん訪れていて、安全上もあまりよくない状態にある。

『知の城』として静かに名を響かせていた洛央大が、真大一人のために、随分騒々しくなったものだ。自分もその中に巻き込まれている気がして、櫂は眉をひそめた。

（あんたがここに来たメリットはあるのかよ。大学は必死であんたを囲い込もうとするだろうけど）

真大と大学や工学部の間で、どんな取り決めが交わされたのか、一学生の櫂に分かるはずもない。彼が何故、資金が潤沢で研究環境に恵まれたトミタを出ようと思ったのかも。

櫂が知っているのは、誰もが一目置く天才科学者の北岡教授が、自分の腕の中では真大という名のただの男になって、子供のように泣いて喘いで、果てるということだけだ。

「――分かんねぇ奴」

大企業の研究所の副所長として、安泰で順風満帆な人生を歩んでいればいいのに。その地位を捨てて大学教授になった真大の行為は、子供が癇癪《かんしゃく》を起こす姿に似ている。ひどくバランスが悪くて、冷静さを欠いていて、大人気《おとなげ》ない。何にでも合理的な考えを持つ櫂には、分からないことだらけだ。

「ん？　何が分かんないって？」

「お前には言ってない。……それじゃ、俺は帰るから。当番変更になったの、ラボのボードに書いておけよ」

はいよー、と機嫌よく返事をした江藤を残して、櫂は談話室を出た。ポケットから携帯電話を引き抜き、事務的なことしか書いていない真大のメールを読み返す。いくら読んだところで、彼の真意は透けて見えてこなかった。

（——やめた。俺には関係のないことだし、考えるだけ無駄だ）

メールを閉じて、電話帳の画面をスクロールする。別の研究室の友人や、気安く呼べるセフレの番号のところで指を止めて、少しの間、暇潰しの方法を考えた。真大の真意を探るより、今夜の空白を埋めることの方が、櫂には大事に思えた。

耳に馴染んだ低音の楽曲と、摺りガラスの天井から観葉植物の葉に柔らかく反射する、間接照明のセピア色の明かり。マホガニー材のカウンターの向こうから漂う煙草《たばこ》の香りが、この場所がラボの中ではないと明確に認識させる。

「――あら、蓮見くんじゃない。珍しい人がいるのね」

黒色のタイを締め、バーテンダーのお仕着せに身を包んだ櫂は、フロア係が案内してきたカップルの客へと、恭《うやうや》しい礼をした。

「いらっしゃいませ」

カウンターの中に櫂がいるのを、目ざとく見付けた女性客が、嬉《うれ》しそうな顔をしてスツールに腰を下ろす。この店の常連客である彼女の隣に座ったのは、落ち着いた雰囲気の大人の男だった。

「お久しぶり。支配人から、しばらくお店を休むと聞いていたけれど？」

「ええ。今夜は予定が全てキャンセルになったので、技を忘れないうちにシェーカーを振りに来ました」

「そうなの。――あなたみたいな人でも、恋人にお預けをされることがあるのね」

「残念です。今は実験器具が恋人ですよ」

彼女の軽口に、櫂は否定の軽口で返してから、男性客の前にだけ灰皿を置いた。学生をやるより水商売の方が向いていると言われる、低く柔らかな声音で、二人に伺いを立てる。

「ご注文は何になさいますか」

「彼にはシングルモルトをストレートで。お勧めはある？」

「本日はグレンリベットのビンテージをご用意できますが」

「いいね。それをいただこう」

「かしこまりました」

「私には、いつものをお願い」

「アライズですね。少々お待ちください」

彼女は来店して一杯目は必ず、そのマティーニのバリエーションであるカクテルをオーダーする。数ヶ月のブランクがあっても、常連客の好みを正しく覚えていたことに、櫂は心の中でほっとした
ここはラグジュアリー・バー『embellir《アンベリール》』。洛央大を中心にした研究学園都市に隣接する、地方の小さな繁華街にある店で、東京の高級バーにもひけを取らないと巷《ちまた》では評判だ。ビルのワンフロアをぶち抜いた広い店内は、イタリア製の家具で揃えた趣味のいいインテリアで構成されていて、大人の寛《くつろ》ぎの空間が演出されている。洛央大周辺にはハイテク企業の重要な拠点も多く、エリートビジネスマンたちの接待の場としても重宝されていた。

櫂が軽快にシェーカーを振り始めると、カウンター席の二人だけでなく、ボックス席からも客たちの視線が集まる。間接照明に映える櫂の立ち姿は、実年齢よりも早熟な夜の街の住人そのもので、普段は白衣を纏っている学生だと気付く客は少ない。

「お待たせいたしました」

す、とカクテルグラスをテーブルに音もなく置いて、櫂は琥珀色《こはくいろ》のグレンリベットで満たしたショットグラスとともに、客たちへとサーヴした。

ストイックな黒タイの色香と、クールな接客で人気を得ている櫂は、この店のオーナーに街でスカウトされてバーテンダーのバイトを始めた。だが、まともにシフトに入れたのは最初の半年だけで、進級したり、研究が高度になるにつれて、月に一、二度しかカウンターに立てなくなった。

四年生に上がる前に、就職活動を理由に休職扱いにしてもらったが、ごくたまに時間が空いた時に支配人に連絡をすれば、いつでもこうして働かせてくれる。友人と飲んで騒ぐよりも、カウンター越しに客と接している方が、櫂は不思議と落ち着くのだ。

櫂にとっては、大学のラボでも講義室でもないこの店は、隠れ家のような息抜きの場所だ。だからここには、親しい友人の江藤も、研究室の連中も連れて来たことがない。高級バーの敷居の高さも手伝って、洛央大の関係者は教授陣くらいしか現れなかった。

「蓮見、ジン・デイジーとキール。三番のお席のお客様が、お前をご指名だ」

支配人にそう言われて、ちらりと三番のボックス席を見やると、向こうにいた二人の女性客が、櫂と目を合わせてきゃっきゃとはしゃいでいる。

せっかくいい気分でシェーカーを振っていたのに。その気のない時に秋波を送られると萎える。

「支配人、俺はフロア係はやってませんよ」

「そう言うな。やっぱりお前がいると店が華やぐ。本気でこっちの仕事に就く気はないか」

「何度もお断りしてますけど。——ああ、キール用の白ワインが切れてるんで、ちょっと倉庫に行ってきます」

燿はカウンター下の小物入れにあった鍵を摑んで、スタッフしか使わない出入り口から、店の外へと出た。エレベーターは使わず、すぐそばの非常階段を長い足で下りて、倉庫にしている部屋のドアノブに鍵を差し込む。

食材の詰まった数台の冷蔵庫を横目に、その奥にあるワインセラーから、燿は程よく冷えた白ワインを取り出した。自分の手で温めてしまわないように、氷も入れられるボトルホルダーに入れて、店へと戻る。

ポーン——。エレベーターのチャイムの音が聞こえて、燿は不意に顔を上げた。客が来店したら丁重に出迎えるのがスタッフのセオリーだ。しかし、エレベーターから降りてきた数人を見て、燿は階段の途中で足を止めたまま、動けなくなった。

(真大……？)

燿が見間違えるはずのない、夜の街には少し不似合いな、清純で清潔そうな横顔。理知的な眼鏡に覆われた円《つぶ》らな瞳は、燿に気付くことなくまっすぐに前を向いている。

堅いスーツを着込んだ真大の隣を、男が二人、親しそうに話しながら歩いていた。櫂も講義を受けたことがある、機械工学が専攻の准教授と講師たちだ。

(真大の専攻も、そう言えば機械工学だった。——意外だな。あんたでも大学の連中とプライベートな付き合いはあるのか)

真大が今夜の予約をキャンセルした訳が分かって、櫂は一人で苦笑した。講義室とラボを往復してばかりの彼も、それなりに友人はいるらしい。くだけた笑顔の真大が物珍しくて、このまま黙って観察してみたくなる。

「蓮見、遅いぞ。オーダーが止まってる」

「すみません。すぐに作ります」

真大たちの入店を確かめてから、櫂もカウンターに戻って仕事を続けた。ジン・デイジーとキールを三番ボックスに運び、女性客たちのテンションの高いおしゃべりを受け流しながら、もう一度真大を探す。

広い店内の、家具と観葉植物に目隠しされた窓辺の特等席に、彼はいた。街の夜景を楽しむために、その席の周辺はフロアよりも一段調光を落としてある。淡い明かりに浮かび上がる真大の姿は、は、と櫂が息を飲むほど綺麗だった。

(……あんたの見てくれがいいのは知ってるけど、少しは自覚しろよ)

真大と近い席にいる客や、オーダーを取っているスタッフまでもが、自然に彼へと視線を吸い寄せられている。真大はただソファに体を預けて、静かな眼差しで夜景を眺めているだけなのに。

「っ……」

思わず見詰めてしまっていた瞳を、櫂は数度瞬かせた。胸の中を何かがざわざわと撫でている。声一つかけずに、真大を一方的に観察していることへの後ろめたさだろうか。

櫂はそっとその場を離れると、真大の視界に入らないようにしながら、カウンターに身を滑り込ませた。使用済みのシェーカーを洗っている間に、真大と連れのオーダーが届く。

「蓮見、十七番様にロイヤルサルートのボトルを、水割りのセットで」

「はい」

棚から三人分の水割りのグラスを出した櫂を、フロア係の先輩が止めた。

「間もなくもうお一人いらっしゃるから、グラスは四つ出してくれ。ロイヤルサルートはご予約をいただいた磯貝《いそがい》様のボトルを頼む」

「磯貝様――ですか」

そんな名前の教授や准教授は、工学部にはいなかったはずだが。櫂は怪訝《けげん》に思いながら、グラスを四つと、ネームホルダー付きのボトルをトレーに載せた。

こういった店では、偽名でボトルを入れる客もいないことはない。真大の連れの誰かがお遊びで使っている名前なのかもしれない。

そう思い直して、櫂が冷えたミネラルウォーターをピッチャーに注いでいると、カウンターの前を一人の客が通りかかった。

「磯貝様、本日はご予約ありがとうございます。お待ちしておりました」

件《くだん》の磯貝氏が到着したようだ。支配人や先輩が礼をするのに合わせて、櫂も、その隙のないスーツ姿の壮年の客に頭を下げる。

「ああ、支配人、今日は私の予約だということは内密に。――デリケートな相手との接待なんだ。くれぐれも失礼のないように頼むよ」

「かしこまりました。お席へご案内いたします」

支配人に促されて、磯貝は軽く髪を整えながら、真大のいる窓辺の席へと歩いていった。

(やっぱり工学部の人間じゃない。それにしても、接待とは妙だな)

真大は単に友人どうしで飲みに来た訳ではないらしい。しかし接待なら接待で、自分が招待したんだとアピールすることはあっても、予約したことを秘密にする必要はない。

櫂は磯貝のことが気になって、水割りのセットを運ぼうとしていた先輩に耳打ちした。

「さっきのお客様、俺は初めて見ます。前からの常連ですか?」

「んー、ここ一年くらいかな。接待でよく使ってくださってる。伝票に名刺が挟んであるよ」

先輩がカウンターを離れるのを待って、オーダーが書き込まれている薄い伝票を、そっとめくる。そこに出てきた磯貝の名刺に、ホクト技研工業という社名があるのを見て、櫂は短い声を上げた。

「な……っ」

驚いたことに、磯貝はトミタ自動車のライバル社の重役だった。今日の昼間、ホクト技研が真大に再三面会を申し込んでいると聞いたばかりだ。彼をヘッドハントするつもりで、磯貝は今夜の席を設けたのだろうか。

(ホクト技研は畑野教授が突っぱねていると聞いたのに。いいのか、真大。あんたその重役と同席していて)

真大の方を窺《うかが》っても、窓辺の彼の席はこのカウンターから離れていて、様子が分からない。何か嫌な予感がして、櫂は持ち場を別のバーテンダーに譲ると、一回り小さなサブカウンターへと身を寄せた。

そこは真大の席に近く、洒落《しゃれ》たディスプレイをされた布のシェードのせいで、櫂の姿が隠れるようになっている。カクテルの飾り用のフルーツを剝《む》きながら、静かに耳を澄ませていると、店内に流れる音楽に乗って真大の声が聞こえてきた。

「あの――今日はこれから畑野先生が合流されると聞いていたのに、何故ホクト技研の関係者の方が？　これはどういうことですか」

明らかに戸惑っている彼の声。真大は磯貝が来ることをまったく知らなかったようだ。すると、傍らにいる准教授と講師が、真大を宥《なだ》めすかすように口々に言う。

「まあまあ、北岡先生。そんな堅いことをおっしゃらず。この磯貝さんは、我々の飲み仲間なんですよ」

「今日はですね、彼のことをぜひ先生にもご紹介したくて、ここに呼んだんです」

嘘をつけ、と櫂は心の中で毒づいた。磯貝は最初から接待の場としてこの店に予約を入れていた。ガードの堅い真大に、正攻法では面会もできないから、わざわざ他の研究室の准教授たちを使って呼び寄せたに違いない。

（トミタと肩を並べる自動車メーカーが、姑息《こそく》なことを考えるもんだ）

逆に言えば、そうまでしてホクトは真大が欲しいということだ。真大の頭脳と、彼が知り尽くしているトミタの技術を手に入れるためなら、手段は選ばないのだろう。企業の執念のようなものを感じて、櫂の背中が薄ら寒くなる。

磯貝のやり方は姑息で気に入らないが、櫂は真大の連れの准教授たちの方がもっと気に入らなかった。彼らと真大がどれくらい親しいかは知らない。だが、これは騙し討ちだ。

「さ、北岡先生、とりあえず飲みましょう」

「……いえ、僕はちょっと」

「いいじゃないですか。たまには企業の方とも親睦を深めて、ね？」

「こういうことは困ります――」

「先生、水割りは薄めにされますか？　この店はカクテルもうまいんですよ。そちらの方がよければ注文しますよ」

シェードの陰から覗くと、真大は目の前に水割りのグラスを置かれて、苦い顔をしている。学内ではいつも柔和な彼が、不快感をこんなに露《あら》わにするのだから、よっぽど困り果てているのだ。

それを知ってか知らずか、乾杯に真大を無理矢理付き合わせた磯貝は、彼のこれまでのキャリアを褒めちぎりだした。真大の開発したエンジンは素晴らしいとか、実は自分はトミタ車に乗っているんだ、とか、調子のいいことも言っている。

「ホクト技研としては、ぜひとも北岡先生をお迎えして、自社の発展に繋げたいと考えているんです。もちろん開発環境はトミタさんを凌《しの》ぐものをご用意いたしますよ」

磯貝は手持ちの鞄《かばん》から冊子のようなものを取り出して、真大に見せた。

「こちらが当社の研究所です。場所はこの学園都市にも近く、ご希望でしたらすぐに私がご案内いたします」

「あっ、北岡先生、その際は僕らもお伴《とも》しますよ。構いませんよね、磯貝さん」

「ええ、ええ。最新鋭の設備を整えてお待ちしてます。ホクト会長も、先生にぜひ一度お目にかかりたいと申しておりますので、これを機会に親しくお付き合いさせてください」

「いえ、申し訳ないですが、そちらとのお約束はいたしかねます」

「先生、何を言ってるんですか。そんなつれない態度じゃ、磯貝さんも困りますよ」

「自分は今後も洛央大で研究を続けるつもりです。これ以上お話を聞く理由はありませんので、失礼します」

ソファから立ち上がり、きっぱりと言い切った真大の態度に、櫂は胸がすく思いがした。ベッドで乱れる彼しかまともに見たことがないから、彼の毅然《きぜん》さが意外なほど気持ちいい。

（……美人の拒絶はさすがの迫力だな。そういう厳しい顔もできるのか、あんたは）

これだけ強くシャットアウトされたら、磯貝も交渉を諦《あきら》めるだろう。しかし、櫂の予想と外れたところで、准教授たちが真大を止めた。

「北岡先生っ、まあまあまあ、座ってくださいよ」

「しかし、僕は」

「まだ夜は長いんですよ？　お話だけならいいじゃないですか」

「先生、どうかお気を悪くなさらないでください。今日はもっと具体的な条件も取り纏めて参りました」

「具体的な条件？」

「はい。先生をホクトにお迎えするにあたり、このような待遇を考えております」

磯貝が差し出したレジュメのような書類には、きっと多額の年俸が提示されているんだろう。真大の白皙《はくせき》の頬が強張《こわば》って、声が微かに上擦《うわず》っている。

「……これは……」

「僭越《せんえつ》ながら、こちらが当社におきましての先生の評価です。初年度の年俸五億は、雇用契約締結後ただちにお支払いいたします」

耳に入ってきた金額の大きさに、櫂は少しだけ仰《の》け反《ぞ》った。その十分の一でも洛央大は真大に提示できるだろうか。日本の大学教授の薄給は悪評として世間に知れ渡っている。

(ホクトは随分本気でかかってきてる。真大に抵抗されることを見越してるのか。……目の前で重役から五億も積まれたら、いくらあんたでも心が揺らぐか?)

研究者なら誰だって、自分の研究に費やせる環境と、その対価が欲しい。一度目の接待で年俸を明らかにしたのは、研究者の本音をダイレクトに抉《えぐ》る、企業側の作戦に他ならない。

だが、それが真大に通用するとは、櫂にはとうてい思えなかった。櫂が知る限り、彼ほど清廉で生真面目《きまじめ》な研究者は、洛央大にはいない。

おいしいエサをちらつかされた真大は、唇を引き結んで、何かをじっと考えている。眼鏡越しの彼の瞳は、さっきの毅然とした光とは違う、張り詰めたものを湛えていた。

「何ですか、この待遇一覧の、洛央大工学部への追加寄付という項目は」

「ああ、それは……これまでも工学部様へは寄付をさせていただいておりますが、北岡先生をこちらへお迎えできた暁《あかつき》には、毎年、現在の倍額をお納めできる用意がございます」

「――――」

真大は一瞬瞳を見開いて、それから深い溜息をついた。スーツの膝の上で、彼の両方の拳《こぶし》が固く握り締められている。それを見た櫂にはすぐに分かった。真大はひどく怒っている。

(汚ぇやり方)

真大の怒りが伝わってきたように、櫂はきつい目元をいっそう険しくした。

工学部にまでエサを撒かれたら、真大はこの話を断りづらくなる。ホクトの寄付金はトミタと並んで洛央大ではトップクラスだ。金を楯に身売りをしろと言われたようなものだ。騙し討ちで真大を呼び付けた挙句、彼の意志を無視して、資金力で抵抗を封じていく。ホクトの強引で卑怯《ひきょう》なやり方は、傍観しているだけの櫂でも辟易《へきえき》する。

「北岡先生、すぐにお返事をいただけるとはこちらも思っておりません。どうかごゆっくりご検討ください」

口先だけのことを言って、磯貝は勝ちを得たような笑みを浮かべた。彼のその表情には、今すぐここで書類にサインをしろ、と、真大に暗に命じている傲慢《ごうまん》さがある。

「磯貝さん――、どんな条件を出されても、僕の考えは変わりません。僕はホクトには」

「先生。短慮はおやめになった方がいい」

「そうですよ、これ以上いい待遇は望めませんよ？　工学部のためにもお返事は慎重に」

「……お二人は、このことを知っていて、今日僕をここに誘ってくれたんですか？」

真大の問いに、准教授と講師は苦笑一つで答えた。真大の瞳にみるみる失望が広がっていく。それを見ていると、櫂は急に息苦しくなってきて、タイを思わず緩めた。

外堀を埋めてきたオオカミたちと、完全に罠《わな》を仕組まれ、追い詰められた哀《あわ》れなウサギ。お仕着せのベストに隠れた櫂の胸の奥に、ふつふつとした熱がこみ上げてくる。冷めた性格の自分の中にも、正義感らしきものがあったのだ、と、櫂は笑い飛ばしてやりたくなった。

企業側の磯貝はまだいい。だが、真大と同じ研究者であるはずの、あの二人はどうだ。寄付金の分け前が欲しいのか、それとも今夜の交渉がうまくいけば、リベートでももらう約束なのか。どちらにしてもこのままでは真大は分《ぶ》が悪い。

「くそっ」

櫂は小さく舌打ちをすると、八割方の席が埋まったフロアを横切り、支配人のところへ急いだ。

「すみません、休憩入ります」

その足で店の外へ出て、スラックスのポケットに入れていた携帯電話を取り出す。

「こんなことを、してやる義理はないけど――」

履歴の一番上にあった真大の携帯電話の番号を押して、櫂はそう呟いた。オオカミに囲まれた味方のいないウサギを見ていると、むしょうに腹が立って仕方なかった。

耳元でコール音が長く続き、理不尽な怒りに拍車がかかってくる。非常階段の壁を苛々《いらいら》と叩いたところで、やっと真大に繋がった。

『はい、北岡です』

「俺」

『か――蓮見くん？　ど、どうしたの』

「とりあえず聞け。適当な理由をつけて、その席を離れろ」

『えっ……？　君、何で……っ』

「いいから黙って言う通りにしろよ。実験がトラブったとか、何でもいい。それっぽく焦ったふりして、すぐ店を出ろ」

『わ、分かった』

　真大は驚きを隠せない様子だったが、それでも素直にそう返事をした。ぶつっ、と切られた通話が、彼の本気の焦りを表している。

「――世話焼かせんなよ」

　先にエレベーターに乗り込んで、耀は真大が店から出てくるのをじっと待った。耀があの場に直接割って入っても、下手《へた》に相手を刺激するだけだ。真大の立場を悪くさせずに、とにかくあそこから逃がすには、こんな拙《つたな》い方法しか思いつかなかった。

「本日はご来店ありがとうございました。またのお越しをお待ちしております」

　店の入り口のドアが開くとともに、フロア係に見送られて真大が出てくる。きょろきょろと所在無げに通路を見回している彼に、耀はエレベーターの中から右手だけを伸ばして、こっち、と合図した。

「櫂くん……っ！」

真大が駆け込んできた拍子に、狭い箱の床がぐらりと揺れる。扉の開閉ボタンを乱暴に押すと、閉まっていく扉の向こうに、真大を追ってきた磯貝の姿が見えた。

「――ギリギリセーフ」

ふ、と笑みを浮かべた櫂のそばで、オオカミの包囲から逃れたウサギが、青白い顔をして息をついている。額にうっすらと汗が浮かんでいるのが痛々しい。

「びっくりした……。ありがとう、櫂くん。君がこんなところにいるなんて」

「いちゃ悪いかよ」

「う、ううんっ。おかげで助かった。君に教わった通りに、嘘をついて抜けてきたけど、大丈夫かな」

「あそこでサインをさせられるよりマシだろ。後で大学を通して、ホクト技研に正式に抗議してやればいい。あんたを守るためなら工学部も畑野教授も動くだろ」

「……あまり事を大きくしたくない。後は僕の方で何とかするから。君も、できれば、このことは口外しないで」

真大は櫂に口止めをして、頭痛に苛《さいな》まれたようにこめかみを指で押さえた。短く流れた沈黙が、二人の間の空気を重くさせる。その空気に呑《の》まれたくなくて、櫂は努めて明るい声を出した。

「ったく。久しぶりのバイトなんかするもんじゃないな。あんたみたいな珍客はお断りだよ」

「……バイト……？」

「そ。いちおうあの店のバーテンダー」

櫂がシェーカーを振る真似をすると、真大は今やっと気付いたように、黒タイ姿をしげしげと見詰めた。

「知らなかった。その……君はそういう格好も、似合うんだね」

「物珍しいだけだろ？」

ふるっ、と首を振った真大は、何故だか恥ずかしそうに俯いた。彼の耳の先がほんのりと赤くなっている。それを見下ろしている間に、エレベーターは一階に着いた。

「念のため裏口から出るぞ。少し先でタクシーを拾ってやる」

頷いた真大の腕を取って、櫂は扉が開くなり走り出した。幸いにもウサギを待ち伏せしているオオカミたちはいない。

店のビルを後にした二人は、繁華街のワンブロック先まで駆けて、雑踏の中に紛れ込んだ。赤ら顔のビジネスマンたちと擦れ違いながら、ゆっくりと櫂は真大の腕を放す。

「ここまでくれば大丈夫だろ」

歩道の脇の柵《さく》に腰かけて、櫂はタクシーを捕まえようと車道を見やった。賃走の表示を出した何台かが、二人の前を素通りしていく。

「櫂くん、今日はありがとう、逃がしてくれて。君が電話をかけてきてくれなかったら、きっとまだ僕は、あのお店で居心地の悪い思いをしていた。本当に、助かりました」

「礼はいいよ。ムカついてたんだろ、あいつらのこと」

「……うん」

「まっとうな研究者のあんたは、ああいう強引なやり方を毛嫌いするだろうからな」

「ずっと、見ていたの？」

「ああ。あんたが最初にエレベーターで昇ってきたところから。俺は普通に飲みに来たんだと思ってたよ」

「そう――」

　真大が溜息のように零した声が、車の走行音にかき消された。店内で見た時と同じように、彼の瞳が失望に沈んでいく。

「いい友人ができたと思っていたんだ。でも、違っていたみたいだ」

「あの准教授たちか」

「うん……。僕が洛央大でお世話になるようになって、すぐに声をかけてきてくれて。専攻が同じだから、彼らとは話も合って、研究室にもよく呼んでくれた。そういうことが、全部今日のためだったのかと思うと、何だか……」

真大はそこまで言って、唇を震わせた。声にならない声を飲み込んで、きゅ、と口を噤む。友人だと思っていた相手に嵌《は》められたことが、真大を大きく傷付けている。怒りが過ぎ去った後、彼に残っていたのは悲しみだった。

(あんたは何も悪くないのにな)

歩道に視線を落としていく真大に、櫂はどんな言葉をかけていいか分からなかった。彼にとっては、望まない接待で脅しをかけられたことより、同じ研究者に裏切られたことの方がつらいのかもしれない。

幼いと言えばそれまでの、真大の澄んだ柔らかな心。彼を傷付けた人間の罪は重い。

「——一人で帰れる?」

真大は何も言わないまま、小さく肩を震わせた。一瞬、彼が泣くのではないかと思った。衝動的に湧いてきた庇護欲が、胸の奥から櫂を支配する。

「なあ」

真大の眼鏡を覆い隠した前髪に、櫂はそっと右手の指を梳き入れて、彼を上向かせた。綺麗な瞳は潤んでいたが、涙が零れ落ちないように耐えている。

いじらしい男。そう思った。

「今日、遅くなってもいいなら、俺を買えよ」

「え……」

「店が終わったら体空くから。――いつものホテルに、先に行って待ってろ」

どうして、と真大は、唇だけで櫂に問うた。声の代わりに、彼の頬に涙が一粒伝い落ちていく。

櫂と真大はいつも、何かを間に挟まなければ向き合えない。真大が抱かれたい時には金が必要で、櫂が彼を助けてやりたい時には、理由が必要だった。

「いじめられてるあんたを見てたら屹《た》ってきた。責任取れよ」

こんな、紙屑《かみくず》みたいに意味のない嘘なら、いくらついても構わない。あの准教授たちのように、友人の顔をして真大を追い詰めたりするよりは。

「櫂くん――」

「俺はどっちでもいい。あんたが好きに決めて」

ぶっきらぼうに言ってから、櫂は通りかかったタクシーに手を挙げた。

歩道の脇にそれが停まり、ドアが開くまでの短い猶予《ゆうよ》。櫂を見上げる真大の瞳が、強い逡巡《しゅんじゅん》から、熱い眼差しへと形を変えていく。

「レイモンドホテルまでお願いします」

タクシーに乗り込んだ真大は、運転手にそう告げた。ワンメーターの距離へと彼を運んでいく、夜空と同じ漆黒の車影。櫂は一人、歩道に佇《たたず》んだまま、タクシーが繁華街の向こうに消えるまで見送った。

5

「……痛ッ」

シャワーを浴びた途端、背中にちりっと、引き攣《つ》るような痛みが走る。我慢してシャンプーをしている間に、自分の背中に今、いくつも爪の痕がついていることを思い出して、耀は苦笑した。

昨夜、日が回る直前にホテルに着いた時、真大はベッドの中に小さく丸まって、耀を待っていた。スタンドの鈍い明かりの下でも、真大の瞼を見れば泣き腫らしていたことは顕《あきら》かで、耀が服を脱ぐなり、彼は寝具を撥《は》ね除《の》けるようにしてしがみ付いてきた。

――耀くん、もっと……っ……、もっと、して。お願いだ……。

夜が明けても、真大の声が耀の耳から消えてくれない。あの店で起きたことを全部忘れてしまいたいと、激しく求めてきた彼を、お望み通り気を失うまで抱いた。

柔らかな心に負った真大の傷を、体で満たしてやれたかどうかは分からない。ただ、何度も彼をいかせた後で、ベッドサイドのテーブルに何枚もの一万円札が置かれていたのを見た時、耀は言いようのない脱力感を覚えた。

（買えって言ったのは、俺だし）

昨夜からずっと続くその感覚を、櫂は早く取り去りたくて、水にしたシャワーで顔を洗った。バスローブを羽織って部屋に戻ると、ベッドの方々に乱れたシーツの上で、髪を鳥の巣にした真大がまだ眠っている。

レースのカーテン越しの窓からは明るい太陽が射し、夜の間は目立たなかった、真大の白い肌についた櫂の足跡を浮き彫りにする。彼がせがむからつけた赤いそれに、櫂はそっと指を置いて、朝がきたことを告げた。

「真大、もう七時だぞ。そろそろ起きろ」

ん、とむずかる彼を、今度はもう少し強い口調で呼んでみる。

「真大」

「……う、ん。……おきる……」

「あんたそんな頭で出勤すんの？　早くシャワー浴びてこいよ」

おぼつかない真大の手が、枕元でひっくり返っていた眼鏡を探し当てる。近眼の視力が戻ると、彼は寝惚《ねぼ》け眼《まなこ》の瞼を何度も瞬いて、櫂を見上げた。

「おはよう」

「おはよ」

「か――帰らなかったんだね」

「ああ。バイト明けで疲れてたから、そのまま寝た。あんた結構寝相悪いな。丸見えだよ」

真大は自分が裸だったことに気付いて、慌てて寝具の中に潜り込んだ。

「何照れてんの」

こんもりと真大の形をした小山が、恥ずかしそうに揺れている。その姿を櫂は笑って、濡れた髪をかき上げると、ルームサービスのメニュー表を手に取った。

「腹へった。朝メシ取るけど、あんたもいる？」

「……うん。食べる」

寝具を通した真大の声は、小さくくぐもっている。櫂は気に留めずに会話を続けた。

「和食と洋食、どっち」

「君は、いつもは、何」

「適当」

「僕は結構、朝はこだわる方、かな」

「ふうん？　じゃあ自分で選んで」

ぽすん、と小山をメニューの角で叩くと、真大はやっと顔を出した。櫂と目が合うと、リンゴのようだった彼の頬が、いっそう赤みを増す。

「朝まで一緒にいたの、初めてだね」

「そう言や、そうだな」

「何だか……明るい部屋で二人でいるの、照れくさいな……」

真大はそう言って、顔の前で寝具の端をぎゅっと握り締めた。

真大と出会って、初めて一緒に迎えた朝。そのことに特別な意味も感情もないはずなのに、燿はかっと体温が上がる気がした。

「朝メシ、早く決めろよ」

くだらない。真大につられて、自分まで意識してどうする。

燿はベッドの縁に腰を下ろして、頭をタオルで包んだ。がしがしと手荒く髪を拭《ふ》きながら、バスローブの下の肌が汗ばんでくるのを、気付かないふりをしてやり過ごした。


ゴールデンウィークの前頃になると、洛央大では企業関係者の来訪が相次ぐ。研究室を挙げて真大の歓迎会が開かれる、金曜日のこの日、燿は普段着と化している白衣をスーツに着替えて、研究棟の応接室で客と会っていた。

「蓮見くん、あなたの三年次の研究レポートをじっくり拝見させていただきました。大変興味深く、素晴らしい出来で、こちらも感服しました」

「――ありがとうございます」

「あなたが携わってきた研究分野は、当社の開発分野と大いにリンクしています。即戦力として、蓮見くんを我々は求めています」

重機メーカーの面接官が、熱い口調で自分を口説いているのを、櫂は冷静な気持ちで受け止めた。就職活動では常に売り手市場の洛央大工学部でも、企業の面接官や人事担当者が、わざわざ足を運んで会いに来る学生となると、数は少ない。

「御社では、以前から環境に配慮した重機燃料の開発に取り組まれていると聞いています」

「ええ、その通りです。つい最近、そのチームを独立部署に格上げすることが決まりました。蓮見くんにも、そこで存分に活躍していただけると思いますよ」

「願ってもないことです。入社については、前向きに検討させていただきます」

櫂が一礼すると、面接官は、ぜひ、と力強く言って、握手を求めてきた。

「どうか当社を選んでくださいね。よろしくお願いします」

こういう自社の売り込みに熱心な人に会うと、いったいどっちが面接官なのか分からないと、櫂はいつも思う。

今回の重機メーカーは研究実績がそのまま生かせる好条件の企業だったが、櫂には少し物足りなかった。前向きに検討すると言ったのは社交辞令の類で、数日のうちに入社辞退の文書を送ることになるだろう。

(向こうから請われて会ってはみたけど、ぴんと来なかったな)

就職難の世間とはまるきり逆の面接を終えて、櫂は一度、自宅のマンションに戻った。

東京の親元から大学に通えないこともないが、時間に不規則な実験中心の毎日のために、一年の時から一人暮らしをしている。味を気にしないなら簡単な料理もできるし、散らかるほど部屋にいない。自由な生活は束縛を嫌う櫂に合っていて、苦労は特に感じなかった。

着替えをしてからコーヒーを淹《い》れて、先日まで関わっていた実験のデータを纏めるために、パソコンを起動させる。記録用のディスクを探して机の引き出しを開けると、あまり目にしたくないものが視界に入ってきた。

「………」

真大とホテルで会うたびに、彼から渡された金。もうとっくに数えることをやめているから、一万円札が何枚あるのか分からない。一番深い引き出しを使っているのに、間もなく満杯になりそうだ。

「どうするんだ、これ」

ごくん、とコーヒーを喉に流し込みながら、随分重たくなったその引き出しを閉める。銀行の通帳に入れると、本当に自分の金になってしまうから、こうして保管しておくしか術がなかった。

真大が払った金は、彼が手っ取り早く天国に行くための代償だ。自分自身で欲望を慰める行為と変わらない。しかし、真大を抱いていれば、櫂も熱くなる。一方的に渡される金に温度はなくても、真大の体は、奥の奥まで温かい。

（もし、あいつが最初に俺を買わなかったら、俺もあいつを抱かなかったのかな）

ずぶ濡れの真大をホテルのエレベーターの中で見た、冬の雨の日。男のくせにやたら綺麗に見えた彼は、今も同じ顔のまま、ベッドの中にいる時だけ、際限なく櫂を求めてくる。

もしあの時こうしていたら――なんて、考えても答えは出ない。仮説だけ立てて終わる中途半端な実験のように、時間の浪費だった。

「まずい」

ぬるくなって苦味の増したコーヒーを飲み干して、櫂は放置したままだったデータを整理し始めた。研究室で発表するためのグラフや表を作成しながら、歓迎会が始まる夕方近くまで、パソコンに向かって過ごす。

歓迎会の場所は、櫂のバイト先の『ｅｍｂｅｌｌｉｒ』がある繁華街の居酒屋だ。これまで何度も飲み会に使っている研究室御用達の店で、料理の味には若干飽きてきている。

「学生が通う居酒屋より、あんたはバーの方が似合うのにな」

『ｅｍｂｅｌｌｉｒ』の窓辺の席に佇んでいた、夜景を見詰める真大の横顔を思い出して、櫂はそう独りごちた。

あの日の真大は、水割りをほとんど口にしていなかった。酒の席に付き合ったことはないから、彼が酒豪なのか下戸なのかも知らない。バーテンダーの目で予測するなら、後者寄りのような気がする。紅茶を飲む姿をよく見かけるから、ティー・リキュールを使ったカクテルを勧めてみたい、と、勝手なことを考えているうちに、窓の外が茜色に染まってきた。

集合時間の二十分前に、上着を引っ掛けて部屋を出る。車は使えないから、面倒でも足は自転車だ。学園都市は並木の道路が何本も連なる景観になっていて、夕刻の風を切ってペダルを漕《こ》ぐのは、結構気分がいい。

耀が居酒屋に到着すると、予約をしていた座敷には、主役の真大をはじめ、研究室の面々があらかた集合していた。いくつかのテーブルに分かれている中で、江藤や他の四年生が座っているテーブルに紛れ込む。上座の方から、ちらりと真大がこちらを見ている気配がしたが、あえて気付かないふりをした。

「蓮見先輩ー、先に会費三千円いただいていいですかー?」

「ああ、幹事お疲れ」

三年生の女の後輩が、大きな封筒と電卓を持ってテーブルを回っている。飲み会の幹事は去年耀もやらされて、雑用の多さに閉口したものだ。

「畑野教授はまだ?」

「何か学部長に呼ばれたみたいで、今日はこられないかもしれないって。でも、軍資金はたくさん預かってきましたからっ」

後輩はそう言って、得意げに封筒を耀へと見せた。真大と学生が無礼講で飲めるように、畑野教授は気を回したんだろう。粋《いき》な恩師を見習って、耀も会費を少し多めにカンパした。

宴会部長の江藤の音頭で、十分遅れで歓迎会が始まる。普段ラボにこもりがちなくせに、酒が入ると誰もが解放的になった。先を争うように真大の席へ行って、彼に酌をしている。

「お注《つ》ぎしますね、北岡先生」

「どうもありがとう」

「私も私もー。先生がバイ研に来てくださって、めっちゃ光栄です。これからもよろしくお願いします」

「こちらこそ、研究熱心なみなさんと一緒に学べて嬉しいです。よろしくお願いします」

注がれては飲み、飲んでは注がれて、真大のグラスは空になることがない。さほど時間が経たないうちに、彼の頰は赤らみ始めた。

（やっぱり酒に弱そうだ）

しかし、真大は研究室の学生たちに囲まれて、とても楽しそうにしている。遠くの席にいる櫂のもとにも、彼の弾んだ声が聞こえてくるようだった。

自分も酌をしに行くべきか、櫂がタイミングを計っている間に、座敷にスクリーンとプロジェクターが用意される。真大のこれまでの経歴や、あらゆる賞を取ってきた研究実績を纏めた、スライド上映が始まった。

『――北岡真大先生は、東京都ご出身の、現在二十七歳。高校の数学教師をされているお父様と、英語塾を経営されているお母様の間に、待望のご長男としてお生まれになりました』

「おーい、これ結婚式の余興かよー」

江藤のヤジで、座敷中に笑いが起こる。スクリーンに大写しになっている真大の子供の頃の写真といい、オルゴール曲のＢＧＭといい、確かに余興に近い。

『帝都大学に進学された先生は、工学部総合工学科を首席で卒業。その後、名門米サウスカリフォルニア大学院博士課程に在籍中、トミタ自動車技術開発研究所の特任研究員としてご活躍されました。エンジン開発での多大な貢献を表彰され、同研究所副所長への就任を経て、我らが洛央大学工学部バイオマス研究室の一員になられました』

工学部の人間には眩《まぶ》し過ぎる経歴に、ひゅう、とどこかから口笛が鳴る。櫂は立てた片膝に頬杖をついて、次々に入れ替わっていく真大の写真を眺めた。

（帝都を首席で出て、サウスカリフォルニアの博士課程、か。絵に描いたみたいな超エリート。……そういう話、あんたとはしたことがないな）

アナウンス役の後輩の声で語られる真大のキャリアは、櫂には知らないことばかりだった。彼にそれを尋ねたいとも、思ったことがなかった。

（過去の真大なんか、俺にはどうでもいい）

例えば、ラボで毎日モニターを見ている真面目さとか、講義中に白衣のポケットに両手を入れる癖とか、強引なヘッドハントに毅然と抗議する姿とか、友人に裏切られて悲しむ顔とか。櫂がすぐ思い浮かべることができるのは、そんなリアルな真大だった。

（あんたのことで、俺だけが知ってることはたくさんある。そう言えば……あんた寝相が悪いんだよな）

この間、一緒に朝を迎えて知ったのは、真大がトーストにバターをたっぷり塗ることと、グレープフルーツは白より赤い方が好きなこと。プレーンの酸っぱいヨーグルトは苦手で、ナイフとフォークの使い方が、意外に不器用なこと――。

人が聞いたら何でもない、些細《ささい》なことだ。それがどうして、真大を囲んではしゃぐ研究室の仲間たちより、誰よりも自分が彼に近いところにいると思わせるんだろう。

静かな高揚と、優越感に包まれた耀は、乾いてきた唇をビールで潤して、もう一度真大の方を見た。首や手まで赤くなった肌は、彼の酒量が限界にきていることを示している。

スライド上映が終わり、彼のいる上座はいつの間にか、江藤を中心に酒好きばかりが集まっていた。真大の目の焦点が危うくなっていることに気付いて、耀は短く舌打ちをすると、席を立った。

「すみません、水とおしぼりをください」

座敷の上がり口から店員に声をかけて、酔っ払い用のアイテムを持ってきてもらう。真大が醜態を曝さないように、耀は彼の席の隣に割り込んだ。

「――北岡教授、これ。だいぶ回ってるみたいなので」

「あ……、ありがとう。冷たいの、ほしかったんです」

真大はほっとした顔をして、水のグラスを受け取った。まだ櫂に敬語を使えるほどは意識がしっかりしているらしい。飲みかけだった真大のビールグラスのそばに、櫂はおしぼりを置いた。

「蓮見は気が利くなあ」

「江藤、その辺にしとけよ。教授に無理させてんのが分からないのか」

「怒るなって。イケメンが怒ると怖いんだからさー」

「怒ってねぇし。とにかく、酒飲みのお前らのペースに付き合わせるな」

「えー？　私まだ教授にお酌してませんよー」

「……ったく」

酒飲みの悪ノリに、真大が付き合ってやる道理はない。櫂は、ぐっと腹に力を入れると、真大のグラスを摑んで、半分ほど残っていたビールを飲み干した。

「ちょっ、何してんの、蓮見っ？」

「蓮見くん――」

真大や周囲が驚いている中、櫂は空にしたグラスを、どん、とテーブルに戻した。

「教授にまだ酌がしたい奴は注げ。俺が代わりに飲んでやる」

上座が一瞬沈黙した後、おおーっ、という歓声が上がる。江藤たちがおもしろがって、ビール瓶をそこら中のテーブルからかき集めてきた。

「この男前！　イケメン！　どうしちゃったの？　何か今日のお前熱いよっ！」

「蓮見先輩かっこよすぎ！　惚《ほ》れる！」

「勝負しようぜ！　こいつにおいしいとこだけ持ってかせるな！」

遠慮なくビールを注がれたグラスを、櫂は真大の代わりに飲んだ。途中からジョッキに替え、何度も酌をされて、結局空にしたのは大瓶二十本分。胃は水分でリミッターを振り切っているのに、それでも酔えない体質がありがたくも恨めしい。

「参りましたー。蓮見班長、どーもすみませんでしたー」

勝負に完全勝利をした櫂が手洗いから戻ってくると、江藤と他数名が、畳に額をつけて、ははーっ、とひれ伏した。それをいつものクールな瞳で見下ろして、櫂は、バカか、と呟いた。

「気が済んだか、お前ら」

「はーい。二度としません。つーか、お前に飲ませたら酒代がもったいないわ！」

芸人のコントのような江藤の言葉に、どっ、と座敷が沸いた。櫂に打ち負かされた彼らは、舌の根も乾かないうちに、二次会での仕返しの相談をしながら、自分たちの席へと帰っていく。

「は、蓮見くん、君、あんなに飲んで大丈夫ですか？」

心配している真大の隣に座り直して、櫂は平気な顔で焼き鳥を摘《つ》まんだ。

「素面《しらふ》と変わりませんよ。俺にはビールは水なんで」

「すごいんですね――」

櫂の酒豪ぶりを、ずっと間近で見ていた真大が、感嘆し切った声で言う。彼の瞳がやたらきらきらと煌《きらめ》いて見えるのは、彼自身がとっくに酔っ払っているからだろう。

「バイトで飲み慣れてるだけです。教授にはついて行けないんじゃないですか。こういう学生のノリは」

このくだけ過ぎた飲み会だけを見れば、堅い研究に励んでいる洛央大生とはとても思えない。学生たちの普段とはかけ離れた姿を知って、真大は幻滅しないだろうか。

「いいえ、楽しいですよ。僕は今まで、ずっと研究ばかりしてきたから、学生のみなさんとこんなに親しく交わるのは、洛央大が初めてなんです。今日は、本当に、楽しい」

とろん、とした瞳を、真大はビールの空き瓶の山へと向けた。彼が嘘を言っていないことは、櫂も分かっていた。同じ酒の席でも、この間の騙し討ちの接待の時とは、真大の表情が全然違っている。

「さっきは僕の知らない蓮見くんの姿を見ることができて、有意義でした」

「え？」

「僕は以前から、もっと君のことが知りたいと思っていました。趣味とか、好きな食べ物とか、君ともっと、普通の話をしてみたかったんです」

「何故ですか」

「君は——学内では、僕に距離を置いているようですから」

気付いていたのか、と、櫂は心の中で真大に答えた。周囲に聞かれたらこの会話は変な誤解を生む。小さく首を振って制止した櫂に、真大は、こくっ、と頷いて、話題を変えた。

「君は、江藤くんや、研究室のみなさんと一緒にいる時は、年相応の学生さんですね」

「あいつらとは年中ラボにいる仲ですから」

「……仲間を止めるために、あんなにお酒を飲んで。君には無茶をさせてしまいましたね」

「別に、あいつらのために飲んだ訳じゃ……」

酒に弱い相手に、限度を超えて飲ませようとしていた江藤たちに、釘を刺しておこうと思っただけだ。他には何の理由もない。

「すみません、僕はあまり飲めなくて。蓮見くんがお酌をしに来てくれるまで、がんばろうと思ったのに、やっぱり、駄目でした」

「俺の酌、ですか？」

「……はい。君が注いでくれるお酒だけは、ちゃんと全部飲みたかったので」

櫂は信じられない思いで瞳を見開いた。まともに飲めもしないのに、真大は櫂のことを待っていた。彼がそんないじらしいことを考えていたなんて、櫂は少しも気付かなかった。

（何でそんなに、あんたは綺麗にできてんの）

真大の外側も内側も、綺麗なものだけが詰め込まれていて、人の形をして動いている。

（あんたは俺のことを知りたいと言ったけど、俺にも、知りたいことはあるよ）

何故真大は、洛央大に来たのか。何故トミタの研究所を出たのか。何故――初めて抱いた夜に呼んだ、『ともや』という名前を呼ばなくなったのか。

一度聞いてみたいと思いながら、聞けないままでいるそれを、いつか真大の方から打ち明けてくれる日はくるだろうか。

ぼう…、と無意識に彼を見詰めているうちに、櫂は、目の前が霞《かす》むのを感じた。酔ってはいないはずなのに、真大の顔に白く紗《しゃ》がかかって、霧に溶け込むように見えなくなっていく。

「北岡教授」

真大、と、本当は呼びたかった。場所を弁《わきま》えた冷静な唇の代わりに、櫂の左手の掌が、真大を見失うまいと彼の膝に触れる。

「お酌なら、あの店でできますよ」

掌に感じたスラックスの下の肌が、微かに震えた。誰の目にも触れないテーブルの陰。櫂の指が、柔らかな真大の内腿《うちもも》を撫でる。

「それは……、この間の、お店ですか？」

「はい。いつでも教授を招待します」

ぴくん、と跳ねた真大の脈拍を、指の腹で受け止めながら、櫂は彼にだけ聞こえる声で囁いた。

「今度は二人きりで飲もう。もっと静かな場所で、あんたにうまい酒を教えてやる」

真大の頬の赤みが濃くなる。二人で一緒に朝を迎えた日と同じように、彼は潤んだ瞳を伏せてはにかんでいる。

たかが酒に誘ったくらいで、かわいい顔をしないでほしい。真大とこのまま歓迎会を抜け出して、あの店のカウンターへ連れて行きたくなる。

「蓮見くん、うれしいです。やくそく、ですよ」

「はい」

「たのしみにしていますね、かいくん——」

小さくなっていく声とともに、真大の体が斜めに傾《かし》いで、櫂に凭れたところで止まった。

左肩に感じる彼の重み。火照った頬を笑みの形にしたまま、真大はあっという間に眠ってしまった。

(潰れたか)

すうすうと、深い寝息が櫂のジャケットに染《し》み込んでくる。最後の最後で櫂を下の名前で呼んだのは、真大の酔いが回り切ったからか、彼が甘えたかったからか、どちらなのか分からない。

意識も何もかも手放して、自分のそばで安心して眠る真大を見るのは、悪い気分じゃなかった。さらりとした彼の髪が、頬の辺りをくすぐっているのも心地いい。茶色がかった柔らかな髪。二人きりなら、何も考えずにただ衝動だけで、真大のそれを撫でてやれるのに。

「北岡先生、寝てるの？　ちょっ、……かわいい……！」

「寝顔が子供みたい。うそー、かわい過ぎるでしょ、こんなの」

また賑やかな連中がわらわらと集まってきた。容赦なく携帯電話を構えて、真大の寝顔を撮影しようとしている。

「やめとけ」

「えーっ、だってー、待ち受けにしたいじゃん」

「蓮見くんだけ独り占めずるい」

「教授は見世物じゃねぇよ」

ずるいずるいと繰り返す女たちを追い払って、擢は真大を起こさないように気遣いながら、彼に膝枕をした。

瞼一つ動かさないほど、真大の眠りは深い。顔はまだ赤みが引いていなくても、暖房の行き渡らない壁際にいると、シャツ一枚の彼の上半身は寒そうに見える。

（真大の上着、どこだ）

座布団の周りを確認しても、それらしきものはない。歓迎会が始まる前に、店員に預けたのかもしれない。

（――仕方ない）

櫂は自分が着ていたジャケットを脱いで、そっと真大にかけた。服で隠れた彼の首元を指で探って、息が苦しくならないように、ネクタイを緩めてやる。

案外真大が、手がかかるタイプだということに、膝が痺《しび》れ始めた頃に気付いた。動きたくても動けない。彼の寝息があんまり安らかだったから、このまま動きたくない。

「やっぱり少し、寒いな」

凭れた壁から伝わってくる冷気に、櫂はぶるっと背中を震わせた。それでも、無邪気な顔をして眠る真大に風邪をひかせるよりは、何倍もいいと思えた。

6

――くしゅっ。真大の歓迎会があった翌日。朝からずっと続くくしゃみに、この日の櫂は悩まされていた。鼻の奥に乾燥したような不快感があり、何だか頭がぼうっとする。

(完全に風邪だ。……これからラボの当番と、週明けに提出のレポートがあるのに)

実験のスケジュールが詰まっている時は、気を張っているせいか、めったに体調を崩したことがない。昨日は暖房の効きにくい場所で、薄着で過ごしてしまった。自業自得だ。

幸い、洛央大は医学部を擁していて、そこの付属病院は学生の外来診療をしてくれる。早めに注射でも打ってもらおうと考えていると、櫂の背後で、部屋のドアが開いた。

「すまんな、蓮見。呼び出した上に、待たせてしまって」

「畑野教授」

文献やファイルを抱えて現れた畑野教授に、ソファから立ち上がって一礼する。

ここは専門書で溢れた本棚に囲まれた、教授の私室である工学部環境化学科筆頭教授室だ。バイオマス研究室に入った二年生のはじめから、畑野教授は何かと櫂に目をかけていて、この部屋にもよく出入りさせていた。

「昨夜の歓迎会は盛況だったそうだな」

「はい。北岡教授は一次会の途中で潰れてましたけど」

「ははは。それでも彼は、今朝の例会の時に楽しかったと喜んでいたよ。親睦が深まってよかった」

うん、と一つ頷いて、教授は櫂の正面のソファに腰掛けた。学内では数少ない秘書が、二人分のコーヒーと、土曜日でも開いている学食のサンドイッチの出前を運んでくる。

「昼食がまだなら、一緒に摘まめ」

「あ……、いえ。俺は遠慮しておきます」

風邪のせいか、あまり食欲が湧かない。朝菓子パンを一つ食べただけの胃に、櫂は熱いコーヒーを流し入れた。

「就活の方はどうだ。目ぼしいところは見つかったか」

「何社か話を聞きましたけど、どこも条件はそれなりですね。悪くない代わりに、決定打もないというか」

「蓮見、お前コマノ重機の面接を受けてソデにしただろう。あそこの専務は私の高校の後輩だ。お前を随分欲しがっていたのに、残念だと電話で零していたよ」

「すみません。教授の顔を潰すことになってしまって」

「まったくだ。――だが、私は別に怒ってはいないぞ。前から言っているだろう。企業で働くより、洛央に残って研究を続けろと」

「……何だ。今日の呼び出しは、またその話ですか」

櫂はぐったりと背凭れに体重を預けて、風邪の熱で温まった溜息を吐いた。

畑野教授は、以前から櫂に大学院への進学を勧めていて、博士号を取らせたがっている。研究自体はやり甲斐《がい》があるが、成績のいい学生限定の返済義務のない奨学金をもらっているとはいえ、大学院でもそれを継続できるかどうかは疑問だ。他人の金で学生をやっている身分では、早く社会に出て自立したいというのが本音だ。

「ぶっちゃけますけど、院は金がかかりますよ、教授」

「経済的な問題なら、学費生活費とも全額大学負担の特待生制度がある」

「それは大学院試験合格者の上位十名ってやつでしょう？　工学部だけならまだしも、全学部を合わせた十位以内なんて、何を基準に決めるんです。結局は合格者の担当教官の力次第じゃないですか」

「言いにくいことをズバズバ突いてくるな、お前は……」

教授は白髪《しらが》混じりの頭を掻《か》いて、困った顔で櫂を見た。

「お前の担当教官は私だよ。いちおうこれでも、特待生の選抜会議のメンバーなんだがな」

「知ってますよ。——だから俺は、この話には乗り気がしないんです。俺が特待生枠に入ったら、畑野教授のゴリ押しだの贔屓《ひいき》だの、うるさく言う連中が出てきて、教授も煩《わずら》わしいでしょう」

「ハナから合格を前提に語るのは、実にお前らしいな。私の心配をするより、自分の才覚を生かす環境を模索するべきだ。選択肢は企業だけじゃない。洛央にもお前の将来はあるんだぞ、蓮見」

「冗談やめてください。俺は北岡教授みたいな天才じゃありませ……」

ゴホッ、と櫂が咳《せき》をした拍子に、会話が途切れる。ひりついた喉をコーヒーで潤しても、痛みは増すだけだった。

櫂は何度か咳を繰り返して、仕方なく鞄のポケットに入れていたマスクを出した。

「風邪か?」

「はい。朝から調子が悪くて」

「いかんな、それは。すぐに付属病院で診てもらって、体調が戻るまでラボには入るな。自己管理は全ての研究の土台だぞ」

「……はい。すみません」

櫂はマスク越しのくぐもった声で、仕方なくそう返事をした。自己管理不足を叱《しか》られたところで、風邪の原因を正直に話す訳にもいかない。

教授に急《せ》き立てられるように部屋を出て、工学部から自転車で五分のところにある付属病院へ向かう。運悪く、学生の外来は混んでいて、待合室で随分時間を過ごした。注射と薬を処方してもらって自宅に着くと、櫂はそのままばたりとベッドに倒れ込んだ。

学内にいた時はまだ動けたのに、診察を待っている間に熱が出てきたせいで、全身がだるい。注射もあまりよく効かず、予想以上に症状が重たくなっている。

「ラボに、休む連絡、しないと」

普段健康な人間ほど、ひとたび風邪をひくと脆《もろ》くなってしまういい事例だ。既に着替える体力もなく、ジーンズを穿《は》いたまま毛布をかぶって、櫂は瞼を閉じた。

一人だけの風邪ならいいが、真大は大丈夫だろうか。昨日、櫂の膝枕に酔い潰れた赤い顔を埋めていた彼は。

(あんたまで、熱出してないだろうな)

携帯電話はどこだ――そう考えているうちに、すとん、と意識が途切れる。短く荒い息をしながら、櫂は浅い眠りを繰り返した。

熱の上がった頭の中で見たのは、終わらないレポートの山の前で途方にくれる、正夢のような夢だった。不快なそれから逃げるように、もっと深い眠りへと落ちていく。

部屋の窓の外が、真昼の明るさから、西へ傾いた柔らかな陽光に変わった頃だった。ひた、と体のどこかが冷たい気がして、櫂は目を覚ました。

額の上が重たい。重たくて冷たいタオルの向こうから、眼鏡をかけた誰かの顔が、櫂を覗き込んでいる。

「――櫂くん。起こしてしまった?」

意識が混濁している頭に、気遣うようなその声は、とても優しく響いた。ゆっくり合っていく目の焦点より先に、唇が名前を呼ぶ。

「まひろ、か」

「うん」

「あんた……何で……」

「急に来てごめんね。ラボに行ったら畑野先生に会って、君が風邪で休んでいると聞いたんだ。研究室の連絡網で住所はすぐに分かったし、ドアの鍵が開いていたから、勝手に入らせてもらったよ」

「バカか、あんた。教授が見舞いになんか来るなよ――」

ぐしゃ、と額の上のタオルを摑んで、櫂はその手をベッドの下へと落とした。学生の風邪の見舞いに、わざわざ教授が自宅まで来るなんて聞いたことがない。

すると、真大は櫂の手からタオルをそっと抜き取って、傍らに置いてあった洗面器でじゃぶじゃぶと濯《すす》いだ。

「教授とか学生とか、病気をした時は関係ないよ。それに……君の風邪は、僕のせいだから」

別に、と言い返した櫂を黙らせるように、額の上にまたタオルが置かれる。ベッドからはみ出していた手も、真大に毛布の中へと戻されてしまった。

「僕のことは気にしないで、よく休んで」

「……あんたは、体、平気なのかよ」

「うん。耀くんが昨日、僕に上着を貸してくれたおかげだよ。ありがとう」

真大がそう言って微笑んだのを見て、耀は、はあ、と溜息をついた。

「風邪が伝染《うつ》る前に帰れ」

「耀くん、ひどい声だ。何か飲む？」

「あんたな――。人の言うことを聞けよ」

「無添加のオレンジジュースと、スポーツ飲料を買ってきたよ。欲しい方を言って」

耀が帰れと言っても、真大は従うつもりはないようだった。善意の固まりのような、心配そうな瞳で見詰められると、彼のことを強く拒めなくなる。

「耀くん。喉が渇いているよね？　水分を摂ろう？　ね」

「う…、じゃあ、電解質……」

「ちょっと待っていて」

真大は1DKの狭いキッチンへと駆けて、がさごそとコンビニの袋を探った。

「これ、喉を冷やし過ぎるとよくないから、冷蔵庫には入れてなかったんだ。ゆっくり飲んで」

差し出されたスポーツ飲料には、横になったままでも飲めるように、折れ曲がるストローが刺さっている。受け取ったペットボトルはぬるく、買ってから長い時間が経っていることが分かる。

　からからに渇き、炎症を起こした喉には、そのぬるさがありがたかった。耀がおとなしく水分を摂ったことに安堵《あんど》したように、真大は洗面器の水を替えて、タオルをまた絞った。

「冷却シートも買ってくればよかった」

「え――」

「濡らしても濡らしても、タオルがすぐに乾いてしまうんだ。相当熱が上がってるようだから、大きな血管を冷やしてみよう」

　真大は空になったペットボトルを片付けると、タオルを耀の首筋へとあてがった。冷たいそれが熱を吸い取っていくのに、何故だか耀の胸の奥から、別の熱が湧いてくる。

(俺が寝ている間、真大はずっとここで、看病をしていたのか)

　一人暮らしをするようになってから、誰かに看病をしてもらったのは初めてだった。風邪なんか寝ていれば治るのに、真大は耀を重病人のように扱う。

「耀くん、おかゆを作ったから、食べられるようなら温め直すよ」

「おかゆ？　あんたが？」

「うん。キッチンのお米と鍋、使わせてもらった」

「……驚いたな。あんたにそういう器用なことができるなんて。米一つ、自分じゃ炊けない顔してるのに」

「それはひどいよ、耀くん」

くす、と微笑んで、真大はもう一度絞ったタオルを耀の額の上に戻した。

「学生の頃、友人と部屋をシェアして住んでいたんだ。家事を分担したり、風邪やケガをした時は、お互いに面倒を見るのが当たり前だった。さっきキッチンに立っていたら、その頃のことを思い出したよ。懐かしいな」

——懐かしいな。そう呟いた真大の瞳が、遠くの方を見詰めていることに、耀は気付いた。ある直感が、ふっと耀の頭をよぎる。

(その友達が、あんたが呼んでた『ともや』って奴なのか)

真大と部屋をシェアするほど親しい相手。顔も知らない『ともや』という存在が、熱でぼやけた耀の脳裏で、黒雲のように大きく膨らんでいく。

(俺と同じように、そいつにも看病をしてやったのかよ)

耀は複雑な思いを抱いて、真大を見上げた。じりじりと肺が押されるような、胸苦しい感覚。咳をしてごまかしてみても、その感覚は消えなかった。

「耀くん、大丈夫? 食欲はある?」

「……あんまりない」

「でも、薬を飲まなきゃいけないから、何か口に入れないと。他にもプリンとかヨーグルトとか、食べやすいものをいろいろ買ってあるんだけど……」

「いいよ、そんなにしてくれなくても」

「駄目だよ。――僕はいつも、耀くんの世話になってばかりだから。具合が悪い時ぐらい、君も僕を頼ってほしい」

部屋をシェアした友人のような、対等な間柄ではないのに。真大があんまり純粋な顔で、かいがいしいことをするから、ひどくくすぐったくて、ばつが悪い。

「……あんたの、勝手にしろ」

突き放すような言い方しかできない耀に、真大は微笑んで答えた。

「じゃあおかゆを食べようね」

もう一度キッチンへ向かう背中を見詰めながら、耀はそれ以上、真大に何も言うことができなくなった。

ガスレンジの栓をひねる音。食器を探して、トレーの上に置く音。ことことと温められていく鍋の中。耳に入ってくる音声の全てが、耀の胸の奥をも揺さぶる。

(何だこれ――。俺が真大に甘えてどうするんだ)

めったにひかない風邪のせいで、気持ちまで弱っているのだとしか思えない。そうでなければ、おとなしくベッドに横たわって、真大の手製のおかゆを待っている自分があり得ない。

「耀くん、お待たせ。君の口に合うといいけど」

食器棚かられんげを探し切れなかったらしく、真大はスプーンでおかゆを掬《すく》った。とろりと柔らかく炊いたそれに、ふうふうと息を吹きかけている。――サービスのし過ぎだ。

「俺はガキじゃねぇよ」

「あっ、ごめん……っ」

顔を真っ赤にして、真大はスプーンを取り落としそうになった。櫂は体を起こして、彼の右手をスプーンごと摑むと、自分の方へと引き寄せた。

「……櫂くん」

一口分のおかゆを啜って、喉の痛みに顔をしかめる。二人の間にたゆたった白い湯気の向こうで、真大の眼鏡も曇っていた。

「ど、どうかな。おいしい？」

「熱で舌も鼻もバカになってて、何の味もしない」

「……そうだよね……」

正直に感想を言ったら、真大をしゅんとさせてしまった。味は分からなくても、彼の作ったおかゆは温かくて、体にいい食感がする。櫂は無言で、器の中が空になるまで、何度もスプーンを口に運んだ。

「おかわり」

「えっ」

「おかわり。ないならいい」

「う、ううんっ。あるよっ。鍋にいっぱい作ったから」

真大は途端に嬉しそうな顔をした。しゅんとしていたのが嘘のように、小さな花が綻《ほころ》ぶ様子に似た、きらきらと輝く瞳をしている。

(何であんたは、俺の前では、そんな風な顔を見せるの)

大学の講義室で見る凛《りん》とした顔とも違う、ラボで研究室生たちと実験を見守る時の、穏やかな顔とも違う、感情豊かな子供っぽい顔。

モノトーンの家具で纏めた色のないこの部屋が、真大がいるだけで、鮮やかな色彩で塗り替えられていくようだ。

「櫂くん、はい。おかわりをどうぞ」

「あ……、ああ」

「食べたら薬を飲んで、そのまま休んで。そばについているから、安心して眠ってね」

トレーごと膝の上に載せられた、おかわりのおかゆから、また湯気が立っている。白く揺れるそれに合わせて、櫂の視界もぐらりと揺れた。

「……あんたは忙しいだろ。俺についてなくていいから、大学に戻れよ」

真大の優しさに、素直にありがとうと言うことができない。彼に世話を焼かれると、胸の奥が熱くて仕方なくなるのは何故だろう。

櫂はそれを風邪の熱のせいにして、思考回路を鈍くしながら、体を癒してくれるおかゆを食べた。

薬がもたらした強制的な眠りの中で、耀はまた変な夢を見た。昼間に見た夢の続きだ。

自分の背丈より高いレポートの山が、雪崩《なだれ》のように崩れて襲いかかってくる。逃げるのが遅れて立ち竦《すく》む耀の前に、颯爽《さっそう》と現れたのは、白衣姿の真大だった。まるでゲームの中の勇者のように、ノートパソコンを剣の代わりに構えて、レポートをばっさばっさと薙《な》ぎ払っていく。

真大が一人ラボにいれば、学生十人分のレポートを簡単に作成して、学会仕様の立派な論文に纏め上げることができる。だからこの変な夢も、きっと正夢だ。

（……真大……）

夢と眠りの狭間《はざま》で、耀は彼を呼んだ。汗でびっしょりと濡れた手に、柔らかい何かが触れてくる。頼りなくそれを摑むと、ぎゅ、と握り返された。

『耀くん、大丈夫。風邪はすぐによくなるよ』

真大の声が聞こえた気がしたが、彼はもうとっくに部屋を出ているはずだった。

急に意識が浮上してきて、耀の瞼がぴくりと震える。眠ったのはほんの短い時間だと思っていたのに、ゆっくりと開けた瞼の向こうは、次の日の朝になっていた。

「ん……」

カーテンに透けた陽光が眩しい。ベッドの中で寝返りをすると、体が軽く、難なく動く。昨日のだるさはすっかり消えて、引き攣るような喉の痛みもない。

試しに額に触ってみると、あれほど高かった熱は下がっていた。その代わりに、体の中の毒素が全部汗となって排出されたらしい。髪が湿っていて気持ち悪い。

(シャワー、浴びるか)

昨日、大学から帰った時の格好のまま眠ってしまった。とりあえず服を脱ごうと、毛布をめくった櫂は、自分がパジャマ代わりのTシャツに着替えていることに気付いて、驚いた。

昨夜熱でうなされている間に、自分で着替えた記憶はない。まさか、とベッドから跳ね起きて、部屋の中を見渡す。

しんと静まり返ったモノトーンの風景に、真大の姿はなかった。昨日、櫂のそばについていると言った彼。彼が着替えさせてくれたことは、間違いないのに。

「何でこんなことまでするんだ。――あんたが教授らしくしていてくれないと、こっちは調子が狂うんだよ」

昨日のうちに、彼に礼の一つでも言えばよかった。クローゼットからタオルを引っ摑んで、苛々したままバスルームへ向かう。脱衣所の洗濯機の横のカゴに、昨日自分が着ていた服があるのを見付けて、擢の後悔は深くなった。

風邪は治ったのに、熱いシャワーを浴びても、気分が晴れない。真大にあれほど看病をさせた挙句、大学に帰れと言ったのは擢だ。礼も言わずに真大を追い出しておいて、彼の顔を見ないと落ち着かない、なんて。どこまで勝手なんだろう。

「メモくらい置いて行けよ。バカ」

いない真大に悪態をつきながら、バスルームを出る。すると、擢の髪から立ち上るシャンプーの香りに混じって、ふわ、と食べ物のいい匂いがした。

「な……っ」

慌ててリビングに戻った擢は、テーブルの上に朝食が用意されているのを見て、その場に立ったまま動けなくなった。キッチンに真大がいる。皮がところどころ残ったリンゴを摩《す》り下ろしながら、きょとん、とした顔をして、擢の方を振り返っている。

「擢くん。起き上がれるようになったんだね」

「……あんた、何して……」

「君の朝食を作っていたんだ。昨日のおかゆの残りで雑炊でもどうかと思って。卵とリンゴを買って帰ってきたら、シャワーの音がしていたから、ちょっと安心した。この部屋はコンビニが近くて便利だね」

「真大――」

「よかった。耀くんの顔色、昨日より随分よくなってる。熱も下がったみた……」

真大の声の続きを、耀は自分の胸元で聞いた。昨日と同じ服を着た彼を、両腕の中で強く抱き締める。

「耀、くん?」

息苦しそうに名前を呼ぶ真大に、答えてやる冷静さは、耀にはなかった。

「風邪、もう何ともないから」

何故自分が、こんなことをしているのか分からない。真大の髪に埋めた耀の頬が、かっと熱くなる。

「あんたのおかげ――」

ありがと。やっと言えた言葉が、細い髪と髪の間に溶けて消えていく。

ただ真大を抱き締めたいから、そんな理由だけで、体が動いた。抱き締めた後のことなど、何も考えられなかった。

真大の心臓の音がうるさい。どくん、どくん、とリズムを違《たが》えて鳴る、耀の心臓の音も。

シャワーの水滴が伝い落ちていく背中を、ためらいがちに真大の両手が抱き返してくる。

臆病に震えている彼の指先が、腕を解けない理由を探していた耀の、どうしようもない衝動に火をつけた。

「やろうぜ」

「……え……？」

「あんたに入れたい。今すぐ」

真大の震えが、彼の指先から全身に広がっていく。彼を怖がらせることも、自分が拒まれることも許せない。耀は真大を抱き上げて、キッチンを離れた。

「耀くん……っ……、下ろして——」

「うるさい」

軽い体をベッドに横たえながら、戸惑っている瞳を覆った眼鏡を奪う。無理矢理素顔にさせた真大を、食い入るように見詰めて、耀は白くなった彼の頬を両手で包んだ。

「俺のことをさんざん買っておいて、今更嫌がるなよ」

「でも、こんなことをするの……っ、駄目だよ…っ……」

「何で」

「き……っ、今日、は、水曜じゃ、ないから」

「バカか、あんた。——水曜までこれを止められんの？」

ぐ、と真大の下腹部に自分の腰を押し付けて、耀はそこを卑猥《ひわい》な仕草で擦り上げた。重なった場所は互いに硬く、熱く猛っている。

真大が震えていたのは、怖かったからじゃない。耀と同じ、昂《たか》ぶった体を静められなくて、欲情の行き先に惑っていたのだ。

「は、離れて……っ、櫂くん——駄目」

恥ずかしがっているのか、胸を押し戻そうとする真大の両手を、櫂は自分の両手で捕らえた。指と指とを絡ませながら、それを真大の頭の上へと縫い止める。

なおも仰け反って抗おうとする首筋には口付けを、赤くなった耳朶には甘噛みを与えて、櫂は真大を求めた。

「逃げるなよ。真大。……頼むから」

「……いけない……っ、どうして櫂くんが……っ」

「一度くらい、俺の方からあんたを抱きたいと思っちゃいけないのか」

びくん、と真大は大きく震えて、そのまま抗うのをやめた。櫂を見上げる澄んだ瞳に、いつの間にか、欲情と羞恥が綯《ない》交《ま》ぜになった涙が満ちている。

「櫂くん、が、僕、を？」

「——そうだよ。あんたが嫌がっても、止める気ないから」

櫂の熱い眼差しに炙《あぶ》られて、組み敷いた真大の体温も上がっていく。欲しがっているのは自分だけではないことに、真大はやっと気付いたようだった。

櫂は真大の右手をゆっくりと手繰って、指先を口に含んだ。彼の繊細な人差し指が、櫂の舌の上で生き物のように跳ねる。

「……ん……っ」

「甘い。リンゴの味がする」

扇情的に舌先で辿《たど》った真大の指を、櫂は他の指ごと、自分の頬へと触れさせた。おずおずとそこを撫でていた指の腹が、こめかみへと流れて、やがて櫂の髪に埋もれる。

くしゃ、と黒髪をいじる、遠慮がちで心許ない指先。櫂の方から抱きたいと言われて、まだ躊躇《ためら》っているのか、真大の涙は今にも溢れそうになっている。今日は泣き顔を見たくなかったから、櫂は唇でその涙を掬い取った。

「真大、怖がるな。いつもと同じことをするだけだ」

首元まで固く止められていたシャツのボタンを、一つずつ丁寧に外していく。真大の清らかな肌が見えても、櫂はすぐにはそこに触れなかった。薄布を剝《は》ぐように、シャツの端を唇で挟んで、そっとはだけていく。

「──待って……。櫂くん、お金──」

バカ、と櫂は短く言って、甘い罰を与えるために、真大の小さな乳首を啄んだ。

「んうっ……っ」

「今日はいらない」

「どう、して」

「あんたに買われて抱くんじゃないから。看病をしてくれた礼だ。金は受け取らない」

櫂の言葉を理解しようと、真大が何度も瞳を瞬く。

二人の間に金が介在しないのは初めてだった。対価のないセックスに必要なのは、ただ互いが欲しいという情熱と本能だけだ。理性のない動物になって、真大をめちゃくちゃにしたいのと裏腹に、耀の愛撫は甘さを増していく。

「あ……っ、ふあ……っ」

舌の先で乳首を転がし、もう片方の胸にも同じことをすると、真大は掠《かす》れた声を漏らし始めた。もっと聞かせろ、と催促をするように、耀は濡らした乳首を指で捏《こ》ねながら、唇をつうっ、と鳩尾《みぞおち》の下へと滑らせていく。

「あ、ん……っ」

「ここ——感じるだろ?」

「んう……っ」

無駄のない痩せた腹部から、腰骨へ向かって流れるライン。ベルトを緩め、斜めに隆起した骨に添って、少しずつ唇を落とす。くすぐったさと紙一重の、ひどく感じやすい真大のそこに、耀は赤い小さな円を散らした。

真大にせがまれるより先に、耀が欲情でつけた足跡。他の場所にもそれをつけてやりたくて、スラックスを引き下ろそうとすると、びくっ、と真大が腰を引く。

「か、耀くん、僕もシャワーを、浴びさせて」

「そんなの後でいいだろ」

「でも——僕、汚い、から」

「どこが？　あんたは綺麗だよ。いつだって、見た目も中身も、何もかも綺麗だ」

ずっとそう思ってきた。真大に出会った最初から。あのホテルのエレベーターで、憔悴《しょうすい》し切って虚ろな瞳をしていてもなお、真大は美しい男だった。

「最初にあんたを見た時、こんな男もいるのかって、興味が湧いたよ。何も話してくれない、綺麗な顔で泣いてるあんたに、誘惑された」

「……綺麗なんて、僕は……自分のことを、そんな風に思ったことはない」

「嘘だろ」

「ううん……。僕は、ずっと、汚い人間だって、自分が汚れてるって、思ってた」

「何で？」

「男の人に、抱かれたいと願うような、人間だから」

一語一語、苦い思いを重ねるように囁いてから、真大は櫂から顔を背けた。悲しみを浮かべた頬をシーツに擦り付けるようにしながら、彼は声を絞り出す。

「——男なのに、僕は普通じゃない。どこか間違って生まれたんだって、長い間、自分のことが許せなくて、嫌いだった」

「男に抱かれる男は、みんな間違ってて、汚れてんの？」

「………」

「俺は何度もあんたを抱いたけど、あんたを汚れてると思ったことは、一度もないよ」

え、と真大は息を詰めて、櫂を見上げた。眼鏡のない瞳を懸命に見開いて、今の言葉が櫂の本心なのかどうか確かめている。

「あんたみたいに、自分を許せなくなるほど、俺たちがしていることを間違ってると思ったこともない」

櫂は嘘は言わずに、そっと真大の下腹部を撫でると、緩めたウェストに指を差し入れた。下着の中に滑り込ませたそれが、静まりかけていた真大の中心を搦《から》め捕《と》る。

「あ……っ」

「最初から俺には、あんたが男だろうが何の抵抗もなかった」

掌に柔らかく包み込み、指で先端を弄《いじ》ってやると、途端に熱を吹き返してくる。愛撫に弱く、焦《じ》らされることにはもっと弱い、真大のそこ。熱が彼の全身を侵していくまで、櫂は手淫を続けた。

「櫂くん――」

もう片方の手で下着ごとスラックスを取り去り、指と掌の愛撫を、唇のそれへと変える。櫂の口腔に招き入れられた真大は、あやすように優しく吸われただけで、がくがくと膝を震わせて感じた。

「ああ……っ」

「これ、好き?」

「ん、うん、んっ」

「あんたのここ、すごく素直だ。すぐ濡れるし、後ろもやらしくて、いつも俺のこと離してくれないし。腰振って夢中でいってる時の顔なんか、最高」

「恥ずかしいよ……っ。そんなこと、言っちゃやだ……っ」

睦言に全身を赤く染め、真大は半泣きになって困惑している。唇と舌の愛撫を、柔らかな彼の腿の内側へと続けながら、櫂は流し目で囁いた。

「あんたのことを褒めてんの。――分かる?」

「……褒めてる……?」

「そう。あんたは男で、綺麗で、雲の上の存在の偉い教授だ。みんなあんたを完璧な人間だと思ってる。でも、俺と二人でいる時のあんたは、かわいい人だよ」

いつの頃からか心にあった思いが、声になって櫂の中へと還流してくる。

(真大は綺麗なだけの人形じゃない。かわいいところをたくさん持ってる。俺はそれに気付いていたのに、ずっと、否定していた)

櫂は緩く首を振って、この時だけは、くだらない意地を張っていた自分を捨てた。一度それを言葉にしたら、堰《せき》を切ったように何の抵抗もなく告げられる。

「――あんたはかわいい」

「か、耀くん…っ……」

「こんなところまで真っ赤にして。本当にかわいいな、真大」

「ああ、んっ」

ちゅく、と真大の足の付け根を吸い上げる。もっと彼を感じさせて、乱れさせたくてたまらなくて、耀の下腹部が滾ってくる。初めて抱いた夜の方が、きっともっと冷静だった。

「前から思ってた。抱いてる時のあんたは声もかわいいよ」

「……んんっ、あっ、やあ……っ」

「今の声も、すごくそそる」

かわいい、と耀が低い声音で告げるたび、真大の体は熱を帯びて、そして蕩けていく。

「はっ……、ああ——、耀くん……っ」

しどけない真大の足を広げさせ、耀は自分の腰をそこへ割り入れた。互いの屹立を重ね合わせて、掌の中に一緒に包み込む。

耀がいやらしく指を動かすと、熱く張り詰めた真大のそれは、途端にぬめった雫で濡れ始めた。雫は耀の屹立をも濡らして、ジェルのように指の滑りをよくする。

「んっ、ふ、んくっ、ああ……っ、や」

ぶるっ、と真大は髪を振って、嫌がるような素振《そぶ》りをした。

「これは嫌いか？　——真大？」

「……ちがう、の。何だか……変なんだ……っ」

「変？」

「僕の体が——いつもより、熱くて——」

「いいよ。もっと変になれよ」

手淫のやり方にねっとりとしたものを加えながら、真大の耳孔に舌を差し入れて命令する。

「あんたを見てるのは俺だけだ。もっと乱れてみせろよ、真大」

自分がこんなにも甘い声が出せるなんて、思わなかった。蜜を溶かし込んだような櫂の声が、真大の脳裏に深く響いていく。

「ああ——、櫂くん、も、だめ……っ！」

か細い声で啼《な》くなり、真大はびくびくと痙攣《けいれん》を起こして、あっけなく達してしまった。櫂の指の隙間から零れ落ちていく、欲情の残滓《ざんし》。真大の屹立はまだ熱いままだ。

「ここを一緒にこうされるの、そんなによかった？」

「んっ、んん……っ、よか、た。まだ——、止まら、な、……はあっ、ああ……っ」

一度では終わらずに、真大は続けて二度も達した。白い飛沫《しぶき》が櫂へも散って、筋肉を纏った腹部にはしたない痕をつける。

真大はまだ快感が収まらないのか、櫂の体にしがみ付いて怖がった。

「ど、して……？　こんなの、おかしい……。壊れたみたい……っ」

「あんたのここ、どんどん熱くなってる。手だけじゃ足りないみたいだ」

「あっ、ああ……っ、握り締めないで——、耀くん、耀くん……っ」

「もっとあんたが悦ぶものをやるよ。もう俺も耐えられない」

「……んっ、あう、ん……、ああ——！」

耀は手を解いて、真大のぬめりを纏った自分自身を、彼の足の狭間へとあてがった。何度も抱いて、耀の形を覚えさせたその入り口に、切《き》っ先《さき》を少しずつ埋めて割り開いていく。

「耀くん……！　耀……っ」

「真大。あんたの中が震えてる。かわいいよ、——真大」

乱れた真大の髪に口付け、仰け反る体を両腕でかき抱きながら、二人で一つになる。真大の熱の全てを味わうような、濃密なセックス。彼の望むことなら何でもしてやりたい。真大を悦ばせるのと同時に、自分も彼を貪りたい。

(こんな抱き方、長い間、忘れていた)

真大のほんの僅《わず》かな表情の変化も見逃したくない。激しさよりも優しさを、律動の一つ一つに込めて、二人で互いの吐息に溺《おぼ》れていく。

「あ……っ……、ああ、んっ、あぁ……！」

いつものホテルの部屋じゃない。水曜日の夜でもない。金を受け取らなかったイレギュラーな今日。明るい陽の射すマンションの部屋で、まるで——まるで恋人のように抱き合う。

真大とこうしてみたかったのか、と、もし問われたとしても、耀は答えられなかった。今この瞬間、胸の奥に湧いている、真大にもっと触れたいという気持ちは衝動だから。この先二度と生まれないかもしれない、今だけのくるおしい感情だから。

「真大。気持ちいいか？　なあ」

「んっ……、い、いい……っ、耀くん――は」

「俺も、すごくいい。あんたとめちゃくちゃ深いところで繋がってるよ」

「うん……っ、そこ……、気持ち、いい、いいよう……っ、耀くん、耀…っ、耀……っ」

「知ってた？　あんたに呼び捨てされるの、結構気に入ってる」

「ほ、ほんとう？　――耀。はあっ、あっ、あう……っ、耀――」

真大の中が急激に狭《せば》まってきて、耀は微かな痛みを覚えた。射精感を刺激されるままに、どろどろに溶けた体の奥へと止めどなく放つ。真大を力まかせに抱き締め、放埒《ほうらつ》の痺れるような余韻を味わっていると、耀の腹部にまた彼の熱い飛沫が散った。

「またいったな。今日はどうしたんだよ、真大」

「ああ――、見ないで……っ、僕、恥ずかしい……」

「俺の腹がべたべただ。あんた本当に、壊れちまったの――？」

「ごめん、なさい。でも……っ、耀くん、君も、いつもと、違う」

「何が違うの」

「分からない……、でも——ちがう。今日の、君は、優しい」

ぎゅう、と音がするほど燿を抱き締め返して、真大は言葉にするのを躊躇うように、掠れた声で言った。

「いつも、いつも、優しいけど、今日は、とくべつ」

「……嫌だったか？」

「ううん。嬉しい。君が、こんな僕を綺麗だと言ってくれた。何度もかわいいって……言ってくれた。僕は、今だけ、自分のことを、許せる気がする」

「真大——」

「ありがとう。燿くん。ありが、と」

真大にそう言われるたび、鼻白んだのに、この時の燿は違った。ありがとう、という言葉に乗せて、真大の気持ちが燿へとまっすぐに伝わってくる。

（何でこんなに、胸が痛ぇの）

心臓の鼓動に合わせて、ずきん、と胸を射貫く痛み。正体不明の疼《うず》きに翻弄《ほんろう》されながら、燿は真大の中からゆっくりと自分を引き抜いた。

「んっ、ふ……」

「一度シャワーを浴びるか」

「……うん……」

「あんたの体を洗ってやるよ。今日の俺は、特別、優しいから」

　燿の囁きに、真大は小さく微笑んだ。さっきまで彼の唇は淫らな喘ぎを唱えていたのに、笑みの形をした今はただ幼く、そしてかわいい。つ、と指先で唇をなぞってやると、真大は瞳をとろりと霞ませて、燿のそれを食《は》んだ。甘噛みされるままに誘われて、真大の舌に指の根元まで絡み付かれる。

「んん…っ、はふ、んく……」

　骨ばった関節に感じる、熱くて仕方ない彼の肉。縦横に動くその舌に、同じ舌で触れてみたい、と、燿は思った。

（初めて——だ。こんなことを思うのは）

　真大の舌が何だ。唇が何だ。それらがいくら熱く、柔らかいからと言って、単なる男の体の一部に過ぎない。今まで興味を持ったこともなかったのに。

（俺がキスをしたら、あんたはどう思うんだろう）

　それはきっと、二人の間に残る最後の線引きに違いない。真大とキスのラインを飛び越えたら、いったいどうなる。予測不可能な実験を前にした時の、静かな興奮のように、燿の胸は騒いだ。

「なあ、真大」

　ちゅぷ、くぷ、と真大は夢中で指と戯《たわむ》れ続けている。甘い飴に心を奪われた子供に似た、あどけない仕草。指を弄《もてあそ》ぶ舌と唇はこれ以上なくキスを誘っているのに、何かが櫂にブレーキをかける。

——ともや。

目の錯覚かもしれない。あやふやに動く真大の口元が、その名前を刻んだように見えて、櫂は息を飲んだ。

「……っ」

会ったこともない、知りもしないその男の顔が、黒い影になって脳裏に浮かぶ。『ともや』は真大にキスをしたのだろうか。こんな風に真大に指を舐めさせて、彼の無邪気な姿を見下ろしながら、その実誘惑を感じたりしたのだろうか。

一つだけ、櫂にも分かる確かなことがある。真大の唇を、櫂が奪ってはいけないということ。真大にキスをしていいのは、きっと今も彼の心の中に潜み続けている『ともや』だけだ。

じりっ、と胸のどこかが焼けたのを、櫂はふやけた指を引き抜くことで消し去った。不可解な熱から目を背け、汗に濡れた真大のこめかみを吸い上げる。そこからたった十センチほどの距離にある、彼の唇には、触れることができなかった。

「やっぱり——シャワーは後だ。このままもう一度、あんたの中に入れさせて」

飛び越えられそうで飛び越えられない、僅かな距離。それをもどかしいと思う暇もなく、真大が従順に膝を開いていくのを見て、櫂はまた欲情を煽られていった。

7

ゴールデンウィークを過ぎると、洛央大《らくおう》を含む研究学園都市の風景は、若葉の茂る緑一色へと変化する。連休を実験で潰《つぶ》した五月の半ば、就職活動も佳境に入って、大学を休むことが多くなった櫂《かい》は、久々に畑野《はたの》教授に呼び出された。

二酸化炭素の排出量問題と、新興国の需要増で年々減少していく石油燃料の対策のために、自動車メーカーからの呼び掛けで、南米市場向けのエタノール・カーの共同開発を行うという。北米では近年シェールガスが燃料の主流になりつつあるが、そちらの開発とは別機軸で、エタノール燃料の本場である南米に、日本の技術をアピールするのが狙《ねら》いだ。

サトウキビから精製されるエタノールは、ガソリンの代わりに自動車を走らせることができる。砂糖の輸出国で、広大なサトウキビの作付面積を誇る南米のブラジルは、エタノール燃料原資の天然プラントと言っていい。

櫂にとってエタノールは、バイオマス研究室に入ってからずっと携わってきた素材だ。日本ではまだ市場が育っていないが、企業と肩を並べてエタノール・カーの開発をするのは、研究を進める上では大きなチャンスだった。

「この共同開発に先駆けて、第一回目の意見交換会が、トミタの技術開発研究所で開かれる。

蓮見《はすみ》、お前にはエタノール燃料電池の論文発表をする、プレゼンターをやってもらう」

「プレゼンター？　院生の先輩を差し置いて、俺がですか？」

「お前が以前提出した中に、有用な論文がいくつかあった。研究室内での発表もポイントを押さえているし、何よりお前は肝が据わっていて見栄えがする。適材適所だよ」

「畑野教授。自分は就活中ですし、こんなでかいプロジェクトに片手間で関わるのは、気が引けますよ」

「誰が片手間に関われと言った。意見交換会には自動車業界各社の開発トップが集まる。彼らに恥ずかしくないよう、共同開発チームの一員として、論文をよく練り直して準備をしておけ」

教授から手渡されたレジュメには、意見交換会の骨子と参加者の名前が載っていた。洛央大のメンバーの中に、櫂と、真大《まひろ》の名前もある。

「北岡《きたおか》教授も参加するんですか？」

「トミタから彼に、記念講演の依頼があってな。本人は退職した人間だと言って渋っていたが、そもそも今回の共同開発に洛央大が選ばれたのは、彼がいるおかげだ」

「まあ順当に考えれば、うちじゃなく帝都大が選ばれるはずですし」

「――まったく腹立たしい話だが、その通りだ」

「そう言えば、北岡教授は、母校の帝都に戻る気はなかったんですかね。向こうにもバイオマス研究室はあるし、学内でそれなりの地位はもらえたと思いますけど」

「さあ、彼に詳しく聞いたことはないが、洛央にしがらみがないのがよかったのかもしれん。帝都は伝統がある分、人事にも民間を嫌う古い体質が残っている。一度企業に出た彼を、うちのように教授待遇では迎えんだろう」

「実績より面子《メンツ》が大事ですか。不合理な」

「とにかく、これでますます北岡さんを手放せなくなった。彼には今後も、洛央で活躍してもらわなければな」

うむ、と鼻息を荒くする畑野教授に、櫂は内心苦笑した。教授が愛する洛央大の開かれた学風をもってしても、日本の最高学府の帝都大には敵《かな》わない。

そこを首席で卒業した真大は、連休の間も講演や勉強会に呼ばれて、忙しくしていたようだ。先週の火曜日に、彼の方から櫂に一度だけ連絡があった。

『今日から講演で札幌に来ています。明日もこちらに滞在するので、君の予約は取りやめます。添付の写真は大通り公園の桜です』

七分咲きの桜の写真の他は、今までと同じ律儀《りちぎ》な内容のメール。

櫂の部屋で彼を抱いてから、もう十日ほど経《た》っている。相応の時間が過ぎたのに、櫂の体には、二人して熱く溶けていくようだったあの日の感覚が、まだ生々しく残っていた。

(また水曜がきたら、真大は俺を買うつもりなのか)

メールの中の『予約』という一言が、自分たちの間に当然のように金が存在しているのだと、櫂に再認識させる。対価も何もいらずに、恋人を抱くように真大に優しくした後なのに、突きつけられた現実は何一つ変わらなかった。

（……別に、何かを変えようとして、あんな風に抱いた訳じゃないけど）

櫂の方から初めて真大を求めた、能動的なセックス。対価が存在しない方が、真大に何でもしてやれるような気がしたのは、あの日に限った一時の惑乱だったのか。

答えのない問いを抱えながら、櫂はきつく、唇の裏側を噛《か》んだ。真大の温もりに馴染《なじ》んだ体は、油断をすると、場所も弁《わきま》えずに下腹部が熱くなってくる。気を紛らわせるために、櫂は手元のレジュメに視線を戻して、英文混じりの記述を追った。

レジュメの最後に、共同開発に参画する企業名や団体名が羅列されている。トミタ自動車とそのライバル会社が多く名を連ねる中に、ホクト技研工業はなかった。

（よかった、ホクトが参画していなくて。真大がまたトラブルに遭ったら困る）

櫂のバイト先の店で、真大が無理矢理ヘッドハントされかかった一件は、畑野教授にだけは報告した。あの後どんな措置がされたのかは知らないが、ホクト側が再び真大に接触を図ってくることはなかった。

「おお、そうだ。そこにレジュメのコピーがあるから、北岡さんと、バイ研のみんなに配っておいてくれるか」

「分かりました」

　櫂は教授のデスクからコピーを預かると、早速ラボへと向かった。そこには実験中だった第二グループの連中がいただけで、真大の姿はない。櫂は彼を探して、教授陣の個室のあるフロアへと戻った。

「失礼します。北岡教授、バイ研の蓮見です」

「――開いています。どうぞ」

　櫂がドアをノックすると、中から真大の明るい声が聞こえる。彼の部屋には付属中学の制服を着た数人の先客がいて、櫂に、こんにちは、と挨拶をしてきた。

「あ、ああ、こんにちは。教授、ちょっといいですか」

「ええ。――すみません、みなさん。今日はこの辺で」

「はいっ。北岡先生、たくさん質問に答えてくださってありがとうございましたっ」

「こちらこそ、ありがとうございました。またいつでも遊びに来てくださいね」

　礼儀正しい制服の一団を、真大は部屋の出入り口まで見送って、ドアを閉めた。

　二人きりになると、急に室内が静かになる。前に真大と抱き合ってから、連休を挟んだせいで一度も顔を合わせていなかった。何となく彼を意識してしまって、話しかけるタイミングに迷う。

「蓮見くん？　どうしました。お茶でも淹《い》れましょうか」

「……あ、いえ。すぐ失礼するので。さっきのは洛央中学の生徒ですね。学内の見学か何かですか」

「ええ。研究棟を案内して、少し取材を受けていました」

「取材？」

「あの子たちは新聞部だそうです。二酸化炭素問題を記事にするらしくて、環境に配慮したエタノール燃料について、レクチャーを頼まれました」

「そういうことは、わざわざ教授が対応しなくても、俺たちみたいな研究室生に任せればいいのに」

「いいえ、広報のような仕事もおもしろいですよ。立っていないで、どうぞ座ってください」

促《うなが》されるままに腰掛けてから、ふ、と櫂は溜息《ためいき》をついた。教授らしくない雑事を楽しそうに話す真大も、彼に演技のような敬語を使っている自分も、どちらもくだらなく思える。

「みなさん各々の研究を抱えていて、忙しいですから、他のことに時間を取らせるのは申し訳ないです。これからは企業とのエタノール・カーの共同開発も始まりますしね」

「ああ、俺もさっき、畑野教授からその話を聞きました。意見交換会で自分の論文を発表しろって。これ、北岡教授の分のレジュメです」

「ありがとう」

櫂からレジュメを受け取ると、真大はソファの傍らに座りながら、真面目《まじめ》な顔をした。

「今回のプレゼンターの人選は、教授会で君が推薦されたんです。畑野先生も僕も、一票投じました」

余計なことを、と燿は内心思った。自分が少し苛《いら》ついている自覚はある。真大と話したいことはもっと他にあるはずなのに、互いに敬語では、会話は上滑りしがちだ。

「蓮見くん」

「はい？」

「君のこれまでのレポートを読んで気付いたんですが、君の研究テーマはとても実践的ですね。企業側としては魅力のある人材だと思いますよ」

「そうですか」

「研究室の四年生のほとんどが、既に進路を確定しています。君だけまだだということは、何か明確な目標があるんじゃないですか？」

真大の鋭い問いに、燿は思わず無言になった。黙り込んでしまった燿に、真大は気遣うような笑みを向けた。

「差し支えなければ、教えてくれませんか。研究室生の進路に対して、適切な助言をすることも、僕の役割だと思っています。あまり、頼りにはならないかもしれないけれど」

「いえ……」

口ごもる燿に、真大は笑みを深くする。学内ではあくまで教授と学生。真大にこんな真摯《しんし》な態度で迫られたら、櫂に秘密主義を貫《つらぬ》くことはできない。

「――洛央に入学する前から、自動車メーカーに就職を希望してます」

「トミタの研究所のような開発分野ですか？」

「はい。性格的には営業職も向くと思いますけど、本命はやっぱり、開発畑です。メーカーは特に選びません。ホクト技研じゃなければ、どこでも」

「ホクト技研……」

「あそこは勧誘が強引だ。五億積まれたら、ちょっと考えますすけど」

するど、真大は、ぷっ、と吹き出した。

「僕もあそこは勧めません。研究者を大事にする会社とは思えませんから。自動車の開発を目指すなら、今度の意見交換会でプレゼンターを務めるのは、とても重要ですね」

「え？」

「君の論文をトップの技術者たちにぶつけて、厳しい洗礼を受けてみるといいです」

「洗礼――ですか」

「ええ。好評をもらっても酷評をもらっても、どちらでもいい勉強になります。僕も学生の頃に通ってきた道です。きっと君にとっても、プラスになりますよ」

真大のアドバイスは、すとん、と櫂の胸に入ってきた。おせっかいだ、と、意固地に反論する余地もない、学生のことをまっすぐに考えてくれる彼。工学部の多くの学生がそうであるように、櫂の中にも、真大を純粋に尊敬する気持ちが湧いてくる。

（……何を今更。真大が優秀な研究者で、教育者としても一流だということは、前から分かってるじゃないか）

いつになく、真大に素直に感服している自分のことが、櫂は照れくさかった。クールを気取った顔に、俄《にわ》かに熱がともったようで、焦って首を振る。

「蓮見くん？」

ふわり、と片頬《かたほお》を何かに撫《な》でられて、櫂は動きを止めた。右手を伸ばしてきた真大が、小首を傾《かし》げながら、櫂の頬に触れている。彼の不思議そうに丸くした瞳が、小さな動物を連想させてかわいい。

「あ……まひ、北岡、教授？」

「顔が赤いですよ、蓮見くん。もしかして、また風邪をひきましたか？」

「風邪はもう治ってます――」

「でも、頬が熱い。……どうしたのかな」

真大はもう片方の手も頬に添えて、櫂の顔を両手で包んだ。真大の温もりに絆《ほだ》されたように、櫂の頬は赤く染まり、きつい両目の目元も緩んで、精悍《せいかん》さが見る影もない。この部屋に鏡がなくてよかった、と、櫂は心底思った。

「あの、もうやめてくれませんか、北岡教授」

「でも、蓮見くんのこんな表情は初めて見たから、とても興味深くて」

「――実験の観察かよ」

敬語に耐えられなくなって吐き捨てると、櫂はまだ頰の上にある真大の右手に、自分の左手を重ねた。

「窓から誰かに見られても知らないよ」

「……大丈夫。この部屋は、棟の端だし、窓の向かいに何もないから」

「今までお堅かったのに、学内であんたがこんな真似をするなんて。……誘ってんの？」

「ち、違うよ……っ」

逃げようとした真大の手を、櫂はぎゅっと握り締めて、彼を自分の方へと引き寄せた。敬語でなくなった瞬間に、櫂と真大の立場も逆転する。

「あ……っ！」

「違うなら、じゃあ何」

真大の指に自分の指を絡《から》ませ、わざと見せ付けるように唇で食《は》む。半分櫂の体に乗り上がる格好になった真大は、途端に困惑したような顔をして、小刻みに震える肩を縮めた。

「は、離して、櫂くん。もうさっきみたいなことしないから」

「嫌だね。あんたから仕掛けてきたんだろ？　言い訳の一つくらいしろよ」

「……君にただ触れたかったんだ。連休の間、会わなかった、から。寂しくて」

「寂しい？」

「お、おかしい、よね。……君の顔を見ないと、何だか落ち着かなかった。出張ばかりで、ラボにも行けなかったし。ゴールデンウィーク、早く終わらないかな、って、思ってた」

「それなら電話でも何でも、あんたの方からしてくりゃいいだろ」

「でも——用件がないのに、君に連絡しちゃ、迷惑だから。メールだけ送った」

その用件というのが、唯一、火曜日の夜に送ってきたメールだとでも言うのだろうか。必要事項だけの短い文面からは、真大のそんな切実な気持ちなど、少しも読み取れなかった。

「珍しく写真を添付してきたと思ったら……。俺に変な遠慮をするなよ」

「ごめん。札幌で見た桜が、とても綺麗《きれい》だったから、君と一緒に見たいと思ったんだ」

「桜なんかいつでも見れるだろ——」

桜前線はもう北海道までのぼってしまい、次の開花は一年先を待たなくてはならない。洛央大周辺の桜並木は、新緑の若葉に衣替えしている。

そのことに気付いて、櫂は、はっとした。再び桜の花が咲く頃、櫂はもう洛央大にはいない。卒業して大学を離れ、真大に二度と会うこともない。

（あんたと一緒に桜を見る日は、永遠にこないかもしれない）

そのことを告げたら、真大はどんな顔をするだろう。卒業という区切りが、櫂に初めて現実味のある言葉として響いてくる。まだ一年近く先のことだ。それなのに、真大を一人、大学に置き去りにしていくようで、後ろ髪を引かれてしまう。

（バカか、俺は）

いったい何を感傷的になっているんだろう。真大が、自分に会えなかった連休を寂しいと言ったから？　彼が札幌で撮った桜を、別段気にも留めなかったくせに。遠く離れた街で、その時彼が桜を一緒に見たがっていたことを、想像さえしなかったくせに。

「——何なんだよ、あんたは」

「え……？」

「いったいあんたは、どこまで俺を困らせんの」

擢はソファの背凭《せもた》れに自分の体を預けて、片腕で真大を抱き寄せた。軽くて華奢《きゃしゃ》な、初めて抱き締めた時と少しも変わらない体。胸元におとなしく収まった真大へ、擢はジーンズのポケットから取り出した携帯電話を向けた。

「こっち、見て」

「な、何？」

「いいから」

こくん、と頷《うなず》いて、真大が顔を携帯電話へと向ける。擢は彼の柔らかな髪に自分の頬をくっつけると、電話をカメラ機能にして、シャッターを押した。

「擢くん——？」

撮ったばかりの二人の写真を、手元のアプリで簡単に加工する。そうして完成した一枚の画像を、櫂は真大の携帯電話へと転送した。

ルルルルル。ソファセットのテーブルの端で、洒落《しゃれ》っ気も何もないコール音が鳴る。慌てた様子でメールを開いた真大は、送られてきたばかりの写真を見て、わあ、と声を上げた。

「櫂くんと僕が、札幌の桜の下にいる」

七分咲きの桜の下で、寄り添い合う二人。二枚の写真を重ねて、透過処理をしただけの、つまらないものだ。それでも真大は、電話の液晶を覗《のぞ》き込んで嬉《うれ》しそうに瞳を輝かせている。

「とりあえずそれで、一緒に桜を見た気分にはなれるだろ」

「うん。ありがとう、櫂くん。あの……、この写真、待ち受けにしてもいい？」

「駄目だ。誰にも見せずに、あんただけの秘密にしてろ」

櫂はすげなくそう言うしかなかった。真大があんまり素直に喜ぶから。狭いソファの上の至近距離では、彼のその笑顔は眩《まぶ》し過ぎる。

「ううん。櫂くん、これは、僕と櫂くんの秘密」

「俺は別に」

「二人だけの、秘密にしたいんだ」

真大の唇は、大切な宝物の在《あ》り処《か》でも唱えるように、小さく小さく動いた。赤く色づいたその唇には、抗《あらが》い難い引力が宿っている。二人だけの秘密、などと、甘ったるい誘い文句で櫂の胸の奥を焚《た》き付ける。

「……真大……、そんなにかわいいことを言うなよ」

櫂の唇は独りでに吸い寄せられ、真大のキスを奪える距離まで、あっという間に近付いた。

時間が止まってしまったかのような、空白の刹那《せつな》。見詰め合った真大の瞳が、櫂の視界を覆い尽くす直前で、また電話のコール音が鳴る。

ルルルルル。まるで櫂の行為を阻むような、耳障りな音。手元の電話へと向けた真大の瞳が、液晶のパネルを確かめた途端、大きく揺れた。

「あ……っ」

短い声を上げて、真大は表情を凍り付かせた。電話に出ることもなく、コール音が鳴り続けるそれを、震える手でただ握り締めている。櫂は不審に思って、そっと液晶を盗み見た。

(……『知也《ともや》』?)

真大の指の隙間から見えたのは、パネルに表示されたその名前だけ。しかし、額《ひたい》に汗を浮かべて、明らかに様子のおかしくなった真大を見れば、その電話の相手が誰なのか、櫂には予想がついた。

(こいつか。『ともや』は)

やけに苦く感じる唾《つば》が、櫂の喉《のど》を焼いて胃へと落ちていく。

真大は櫂のそばを離れると、無言のままソファを下りた。ふらふらとおぼつかない足でデスクまで歩き、ファイルや本が積まれたそこに、電話を置く。数え切れないほど繰り返されたコール音が、やっと止《や》んだ。

室内に漂う静寂の中で、真大は背中に緊張を湛《たた》えて、立ち尽くしている。櫂は言葉をかけるべきかどうか迷った挙句、重たい口を開いた。

「真大。電話に出なくてもよかったのか」

「……ええ。たいした用では、ないと思いますから」

「その割りには、しつこく鳴らしてたみたいだけど」

櫂は立ち上がって、真大の隣へと歩み寄った。真大の横顔は青白く色を変えていて、さっきまでの、桜の写真を見てはしゃいでいた彼は、もうどこにもいなかった。

「顔色が悪いな。汗もすごいし、大丈夫か？」

「平気です。何でもありません」

「付属病院へ連れて行ってやろうか」

堅い敬語に戻ってしまった真大へと、櫂は右手を伸ばして、彼の濡《ぬ》れた額に掌《てのひら》をあてた。髪と同じ色をした長い睫毛《まつげ》が、涙を含んだ時のように艶《つや》めいている。

「――いけません。蓮見くん、手を離してください」

血色の乏しい唇で、真大は櫂を諌《いさ》めた。たった今までソファの上で甘えていたくせに。どこか無理をしているような、わざと櫂を突き放すような、冷静にふるまおうとする様子が逆に痛々しい。

真大への庇護欲と、彼の態度を変えさせた『知也』への対抗心にかられて、櫂は語気を強くした。

「抱いてほしいなら言えよ。別に、そっちの意味じゃなくてもいいから」

「いいえ。僕が浅はかでした。こんな場所で、君の厚意に甘えてはいけないんです」

真大は今にも泣きそうな声を出した。彼が何をそんなに耐えているのか、櫂には分からなかった。

「また——君に予約を入れますから。……今度の水曜日の夜に、いつものホテルで会ってください」

頑《かたく》なその言葉を聞いて、櫂は奥歯をきつく噛み締めた。今日は月曜日。抱擁一ついらないと言って、水曜日までの無為な時間を、真大は我慢しようとする。

(たかが電話で、『知也』って奴はあんたをおかしくさせるのかよ)

口では何を言っても、真大の潤んだ瞳は、櫂に抱き締めてほしいと訴えているのに。

「この間、俺の部屋で抱き合った時は、曜日なんか関係なかった」

「それは——」

「今日もそうすればいいじゃないか。あんただって楽しんだだろ？　あんたが求めてんのは、嫌なことを忘れさせてくれる相手だ。あんたの都合で、俺を便利に使えばいいじゃないか」

「違う……っ。僕は君のことを、そんな風に考えたりしない」

「何が違うんだよ。くそ……っ」

一瞬の激情が櫂の体内を駆け抜けた。抵抗できない本能に突き動かされて、真大を抱き寄せる。

「櫂――くん」

櫂の唇が、真大のそれを探して無理矢理に重なった。彼の呼吸を奪った瞬間、時間も音も、互いを取り巻く全てが停止して、近過ぎて何も見えない視界が真っ白になっていく。

キスの理由なんかない。櫂の中にあったのは、強い怒りだった。バイト先のバーで見た、真大を追い詰めた准教授たちに向けた、あの時の怒りとよく似ている。

この場に居もしないくせに、真大を苦しめる『知也』と、『知也』のことを何も語ろうとしない真大。その両方に腹が立った。

「んう……っ」

停止していたはずの時間が再び進み出して、腕の中で暴れ始めた真大を、キスを深くしながらおとなしくさせる。我に返ったような彼の抵抗が、恐怖心のせいなのか戸惑いのせいなのか、読み解く優しさはこの時の櫂にはなかった。

閉じようとする唇に舌を割り込ませて、温かく濡れたその奥を貪《むさぼ》る。舌と舌が触れ合うと、びりびりと感電したように真大は痙攣《けいれん》して、立っていることすら困難なように、櫂の服を握り締めた。

「……ん、んんっ……っ」

耀がいつの頃からか、触れてみたいと思うようになった真大の唇は、途方もなく柔らかかった。初めて彼と出会った時は、自分の中にこんな欲求があることなど知らなかったのに。男と交わすキスも甘いんだと気付けば、耀の怒りもどこかへ霧散して、真大を貪るためだけの行為に夢中になっていく。

「ふ……っ、んぅ——、ん、ん」

飽きることなくキスを続けているうちに、真大の息遣いが苦しそうなものから、鼻から抜ける官能的なものへと変わった。耀の服の胸元を握り締めていた彼の手は、だんだんと握力を失い、指先で生地を引っ掻《か》く媚態《びたい》を演じている。

(嫌じゃないのか、真大)

自分の方からキスを奪っておいて、勝手な問いだ。しかし、真大が耀を拒んでいる気配はもうない。彼が本気で嫌なら、華奢な体の全ての力を使ってでも抵抗するだろう。

(このまま、続けてもいいの——?)

徐々に体温を上げていく真大を抱き締めて、耀は試すように何度も唇の角度を変えた。逃げ場のない口腔で彼の舌を追い、自分のそれと絡めて、水音ごと吸い尽くす。濃密なキスの繰り返しに、真大は敏感な体を震わせて応えている。自分が望んだ通りの反応に、耀が勝ち

誇った顔で唇を甘噛みしていると、真大はおぼつかない両腕でしがみ付いて、不器用なやり方のキスを返してきた。

「は……へたくそ」

舌の付け根をたっぷりと弄《いじ》り、まるで屹立《きつりつ》にそうするように先端へと向かって舐《な》め上げる。真大はがくん、と震えて、いった時のように背中を仰《の》け反《ぞ》らせた。

「ああ……っ、は、あ……、やっ……」

「何て声を出してんだ。これくらい、したことあるだろ」

「な……い……。櫂くんが、初めて……っ」

まさか、と驚く櫂の胸元で、真大が耳の先を赤くして恥じらっている。眩暈《めまい》のように視界が揺れて、自分の声を遠くで聞いた。

「あんた——キスも知らなかったのか」

真大が頷いたのを見て、櫂はもう一度、荒々しく彼の歯列を割った。二度目のキスを仕掛けた櫂の舌先には、無意識な高揚が宿っていた。

「ふぅ……っ、んっ」

熱くうねっている真大の舌を捕らえて、それに自分の舌を摺《す》り合わせる。彼の呼吸が加速度的に乱れ、昂《たか》ぶっていくのを、沸騰しそうな口腔の粘膜で感じ取る。

ひとしきり触れ、キスを貪り尽くした後、櫂は噛み千切《ちぎ》るように唇を離した。濡れた口元を拭《ぬぐ》いかけて手を止める。燿を仰いだ真大の瞳が、涙とは違うもので揺らめいていた。

「燿くん……、燿」

ベッドの中にいる時と同じ、燿の顔が映り込んだ真大の瞳。キスが欲しいと際限なくねだる、呼び捨ての名前。彼の唇の甘さを知った燿の唇が、ずくん、と脈を打ったように震える。

三度目のキスをしたくてたまらないのは、真大なのか、自分なのか、燿はもう分からなくなっていた。いっそデスクの上に真大を押し倒して、下半身だけ裸にさせて、学内の彼の聖域を汚しながら抱くことの方が、簡単に思えた。

瞼《まぶた》を閉じて、じっとキスを待つ真大の向こうに見える、沈黙した携帯電話。真大の本当のキスの相手は、あそこにいる。

(――『知也』はしてくれないのかよ)

そう言葉にならないうちに、燿の胸に鈍い波が立った。それは瞬《また》く間に鼓動に変わって、どくん、どくん、と奥の方から燿を苛《さいな》む。

(顔も知らない奴のことが、何でこんなに気になるんだ。何で……俺が、下手《した て》に出てやらなきゃいけないいんだ)

何も考えずに、真大が望むキスをしてやればいい。自分の役割は、誰かの代わりに真大を満たすことなのだから。しかし、左胸を刺し貫く痛みが、燿にそれを許さなかった。

「もう、行くよ。これから意見交換会の論文を準備しないと」

櫂は真大の体を離して、踵《きびす》を返した。逃げるようにドアへと向かう櫂の背中に、真大の声が追い縋《すが》る。

「あ……あの、水曜日のこと、まだ返事をもらってない」

「——俺も忙しいんだ。意見交換会が終わるまで、あんたとホテルで会うのはやめとく」

「待っ……」

「失礼します。北岡教授」

真大にそれ以上何も言えなくさせて、櫂は彼の部屋を後にした。虚《むな》しくなるから、今だけは、自分が真大に買われた人間であることを、考えたくなかった。

無理矢理キスを奪ったことを、何故《なぜ》真大は咎《とが》めない。抗ったのは最初だけで、不器用な彼の唇は、確かに櫂にキスを返してきた。真大は櫂の唇を求めていた。

（真大、あんたは何を考えてんだ。何でもっと抵抗しなかった。初めてのキスだったのに、相手が俺でよかったのかよ）

——『知也』でなくて、よかったのかよ。

唇さえも無垢《むく》だった真大に、その言葉をつき付けてやりたい。彼はどんな顔をするだろうか。悲しい顔か、泣き顔か。今頃部屋の中で、さっきのキスは気の迷いだったと後悔しているかもしれない。

櫂は廊下の途中にある洗面室へと駆け込んで、冷たい水で唇を洗った。気の迷いは自分の方だ。男と初めて重ねたそこが、いつまでも熱く櫂を苛む。

（どうかしてた。あんなこと、二度としない）

甘くて、柔らかくて仕方ない、真大と交わしたキスの感触。早くそれを取り去ってしまわなければ、めちゃくちゃなリズムで鳴る心臓も、静かになってくれそうになかった。

8

北岡真大という人間は、本当は生身の人間ではなく、理想的な姿形の中に高い知能を埋め込まれたアンドロイドではないかと、櫂は思うことがある。

例えば今日のような日。エタノール・カーの共同開発を前に、参画する企業や洛央大の関係者が集まった意見交換会が開かれている。畏《かしこ》まった会場を埋め尽くす人々の誰もが、真大の記念講演を、今か今かと待ち侘《わ》びていた。

「――以上が環境化学科バイオマス研究室における、エタノールの固体高分子型燃料電池研究の総覧です。自動車エンジンへの技術利用については、専任教授の講演をご参看ください」

スライドを映していたスクリーンの横で、プレゼンターの大役を終えた櫂は、息をついた。拍手が鳴る中、入れ替わりに演台に真大が立つ。彼の唇がマイクに触れた時、櫂のどこかが、ちりり、と焼けた。

「洛央大の北岡です――」

トミタ自動車技術開発研究所のディスカッションルームに、緊張と静寂が舞い降りた。自動車メーカー各社の重役、研究員やエンジニアの頭脳集団が、一斉《いっせい》に真大に注目する。

（あんたはここの副所長だったんだもんな。誰よりも優秀な科学者だ）

ガソリンに代わるエタノール燃料の自動車エンジンへの応用技術。それを整然と講釈する真大の姿は、大学の講義中よりも眩しい。

（凡人が望んでも得られない、完璧なキャリア。何であんたは、それを捨てたんだ）

今日の真大は、首元をネクタイで戒めたスーツの鎧《よろい》を着ている。一分の隙も作らず、眼鏡《めがね》の下の怜悧《れいり》な瞳で、彼は居並ぶ人々を圧倒していた。


意見交換会が終わり、櫂は堅苦しいディスカッションルームからやっと解放された。研究所の広いロビーは一般の見学者向けの展示ブースになっている。中央にはトミタを世界一の自動車メーカーに押し上げたハイブリッドカーが停《と》めてあり、その傍らで、エンジン部分がガラスケース越しに公開されていた。

（開発者、マヒロ・キタオカ）

記念碑のような青銅のプレートに、真大の名前がある。ぼんやりとその刻印を見詰めていた櫂は、背後に人の立つ気配を感じて振り返った。

「プレゼンター、お疲れさまでした」

「北岡教授――」

「堂々としていて、とてもよかったです。君の発表した論文の内容も、充実していました」

そう言って、真大はラボで実験を見守る時のように、穏やかに微笑《ほほえ》んだ。講演をしていた時の引き締まった表情とは違う、柔らかな笑みを刻む唇。この一ヶ月ほどの間、真大としたキスを思い出さないようにしていたのに、目の前に彼に立たれて、櫂は密かな努力を台無しにされた。

今日の意見交換会を理由に、真大とはしばらくホテルで会っていない。こうして雑談をするのも久しぶりで、二人きりだというのに、櫂は敬語を崩せなかった。

「初めて間近で見ましたよ。教授のエンジン」

「これの原型は帝都大の四年生の時に、企業相手のコンペで発表したんです。運良くトミタの開発局の目に留まって、サウスカリフォルニア大の博士課程に進むと同時に、この研究所に専用のラボとチームを用意してもらいました」
二十二、三歳で既に、真大は研究者としての地位を築いたことになる。ただの学生である自分とのあまりの差に、櫂は溜息《ためいき》をついた。
「本物の天才ですね。そこまで厚遇されるなんて」

「たまたま、僕の研究がトミタの開発戦略と合致しただけのことです。アメリカにはもっと優秀な研究者がたくさんいました」

「教授より？　信じられない」

「……僕はけして天才ではありません。このエンジンを商品化していく過程は、失敗の連続でした。純粋に性能だけを追い求めれば、予算の注ぎ込み過ぎだとストップがかかる。企業に属する研究者が、一度はぶつかる壁です」

「純粋に研究がしたかったから、トミタを辞めたんですか」

「え？」

「教授が洛央大に来た理由――」

長く抱《いだ》き続けていた疑問を、櫂は初めて真大にぶつけた。今まで、聞こうとして聞けなかったことが、敬語のオブラートにくるまれて唇から滑り出る。

「前から気になってました。トミタで最高のキャリアを積んだ教授が、何故それを捨てたのか」

「蓮見くん……」

「理由を教えてください。北岡教授」

「――ガソリンを前提にしたエンジンに、限界を感じたんです。新興国の生活水準の上昇に伴って、化石燃料の減少は著しい。石油が底をつけば、僕が開発したエンジンも使い物にならなくなる」

真大は静かな声で言いながら、ガラスケースの中のエンジンを見詰めた。

「エタノールはガソリンの有力な代替燃料です。原料が植物という点にも、今後の開発の余地や可能性を感じます。僕はそれをゼロから研究したくて、畑野先生に洛央大を紹介してもらいました」

「トミタを辞めて、後悔はしなかったんですか」

「ええ、少しも」

「この研究所の副所長の地位を捨てたことも？　俺には、その地位より大学教授の方がいいとは思えない」

「蓮見くん。僕がトミタで得た研究成果は、トミタにのみ帰属します。ですが、大学は違う。君たちのような将来のある学生に、僕は自分の持てるものを全て与えることができる。僕にとっては、君たちを育てることは、エンジンを開発するより、尊いことなんです」

まるでテキストの記述を音読しているようだと、櫂は思った。爪先《つまさき》から髪の先までよくできた、真大の研究者としての姿勢と、教育者としての矜持《きょうじ》。もしここにバイオマス研究室の連中がいたら、誰もが感激して、真大を今まで以上に尊敬するだろう。しかし、櫂は彼の言葉を鵜呑《うの》みにできなかった。

「――嘘っぽいな」

「え？」

「俺が聞きたいのは、そんな綺麗事じゃねぇんだよ」

真大の上辺《うわべ》しか知らなければ、彼を稀代《きたい》の人物として、単純に賞賛できたかもしれない。

櫂がそうできないのは、真大の澄ました顔の裏側にある、子供のように笑う顔や、泣き顔や、欲情に溺《おぼ》れる顔を知っているからだ。

「二重人格かよ、あんたは。何でそんなにかっこつけんの？　無理するなよ」

「無理なんか――」

スライドのように鮮やかに切り替わる、真大の表と裏。セックスで乱れている時の真大が本当の真大なら、つけ入る隙のない大学教授を演じるのは、さぞ苦痛だろう。

もっと他にあるはずだ。彼がキャリアを捨てなければならなかった、重大な理由が。

櫂の方から口火を切った、それを知りたいという思いが、胸の奥でもう引っ込みがつかないほど膨らんでいく。

「なあ、真大。トミタでも研究は続けられたはずだ。あんたがうちの大学へ逃げてきた、本当の理由を聞かせろよ」

さっきまで饒舌《じょうぜつ》だった口を閉ざし、真大は押し黙った。彼が再び口を開くまで、何時間でも待つつもりだったのに。答えあぐねている彼を、突然遠くから呼ぶ声がした。

「真大！　――真大！」

ロビーに慌しい靴音が響く。その音が近付いてくるごとに、真大の瞳に影が射した。

（……何だ……？　これは）

真大を凝視したまま、櫂は微動だにできなかった。

一秒にも満たない瞬《まばた》きとともに、真大の瞳から影が消え去る。ロビーを駆けて来た男を、真大は極上の微笑みを浮かべて迎えた。

「知也」

男の名前を聞いて、ごく、と我知らず櫂の喉が鳴る。真大の笑顔はあたかも、何千、何万回と修正を重ねた、精密なグラフィックのようだった。

「よかった、真大。……やっと会えた」

「久しぶり。元気そうだね」

「聞いたぞ。お前、急にここを辞めたそうだな。どうして俺に相談しなかった」

「ごめん。忙しくて連絡できなくて。知也も仕事が立て込んでいただろう?」

乱れた呼吸を整え、知也は怒った顔をしながら真大の腕を摑《つか》んだ。

「俺のことはいい。真大、大事なことを自分一人で勝手に決めるな。お前と電話も繋《つな》がらないし——、頼むから心配させないでくれよ。親友じゃないか」

その瞬間の真大の顔は、櫂がこれまで見た彼のどの顔とも違っていた。瞳に限りなく悲しい色を湛えて、真大は知也を見詰めている。

(親友。……そうか)

真大の瞳を見ただけで、櫂には彼の気持ちが分かった。

(こいつだ。こいつが『知也』。真大が欲しがっている男だ)

擢は胸がざわりと騒ぐのを止められなかった。電話一つで真大をおかしくさせた相手。近くて遠い、親友という関係。擢が真大を初めて抱いた夜、彼が泣きながら呼んだのは知也の名前だった。真大は親友に、恋をしている。

「知也。君に黙って研究所を出たことは謝るよ。僕にもいろいろと思うことがあって」

「その話は今度ゆっくり聞く。——会長もお前のことを惜しんでいるぞ。トミタに戻りたくなったら、いつでも俺に言ってくれ」

復職を促す知也に、真大は笑顔を曖昧に崩して見せた。

「ところで、真大。こちらの彼は？」

真大のそばで立ち尽くしていた擢に気付いて、知也は小首を傾げた。微《かす》かな緊張が擢の背中を粟立《あわだ》たせる。

「洛央大工学部、四年生の蓮見擢くん。僕と同じ研究室に所属しているんだ。将来有望な学生さんだよ」

知也に会釈をした擢を、真大はじっと見詰めてそう言った。彼の眼差《まなざ》しが必死に訴えている。どうか見逃して。余計なことを言わないで、と。

（——そんな目をするなよ。空気ぐらい読んでやるさ）

苦く笑って、擢は知也へ視線を戻した。

「蓮見です。初めてお目にかかります」

「トミタ自動車の室菱《むろひし》知也です。よろしく」

知也は名刺入れから取り出した一枚を櫂へと渡した。

長身で爽やかな面差《おもざ》しをした、仕事のできるビジネスマンという雰囲気の男。知也の清潔感のある厭味《いやみ》のない笑顔は、たいていの人間に好印象を抱かせるだろう。

見た目だけで判断すれば、誠実そうな信頼の置ける人物、というところだろうか。スーツの着こなしがうまい大人の風貌《ふうぼう》も相まって、真大と並んで立っていると、相応に絵になる。

「真大と同じ研究室か。蓮見くんは、彼の初めての教え子ということになるんだね」

「……はい。そうです」

「偉そうなことを言うようだけれど、ぜひ幸運に思ってもらえたら嬉しいな。何せ真大は、トミタの至宝と呼ばれていたから」

知也が慣れた仕草で真大の肩に手を置く。自分の親友が憂いを含んだ瞳で見上げていることも知らずに。

「このエンジンを見たかい？　トミタの世界トップシェアは、ここから始まったんだ」

「おおげさだよ、知也」

真大がまた、あの精巧な微笑みを浮かべる。櫂の目には作り物めいた、違和感だらけの顔。

真大の微笑みに何ら疑問を持たない知也にも、櫂は違和感を覚えた。

「蓮見くん。知也は入社以来ずっと国際営業部の第一線にいて、トミタがトップシェアを達成したのは彼の功績なんだ」

「何を言ってる。真大のエンジンのおかげだよ。俺たちは小学校から大学までずっと一緒でね。子供の頃から真大は天才だった。人望も厚いし、王子様みたいなこの顔だろう？　こんなにパーフェクトな奴が親友で、俺も鼻が高いよ」

知也は親友が誇らしくてならないようで、真大を手放しで褒めている。満足そうな知也を見て、訳もなく、不快なものが櫂の中を駆け抜けた。

（パーフェクト？　親友のくせに、この男は真大のことが分からないのか）

今真大が見せている取り澄ましたような顔は、けして彼の素顔じゃない。金を払って男を買うほど、真大は満たされない寂しさを抱えている。

しかし、真大はそんな自分を知也には見せたことがないのだろう。作り物の微笑みだけを彼に見せて、親友の関係を続けてきたのだろう。

（そうやってあんたは、この男の前で完璧なフリをし続けてきたのか。演技でもしなきゃ、親友でいられなかったのかよ）

やるせない気持ちで、櫂は真大のことを思った。

明晰《めいせき》な頭脳も、人より恵まれた容姿も、櫂には真大を苦しめる足枷《あしかせ》に見える。知也に恋をした真大は、自分の想いを隠しながら、彼の親友でいるしかなかったのだ。

知也が、真大を親友としてしか見ないから。

「真大が将来有望と言うくらいだから、蓮見くんもきっと優秀なんだろうね」

「……いえ。教授の足許にも及びません」

皮肉を込めて、櫂はそう言った。親友の想いに気付かない知也への、ささやかな反抗のつもりだった。

「もしトミタの開発局に就職希望なら、いろいろ口添えできるよ。人事部に君のことを伝えておこう。なあ、真大」

真大は笑顔のままで頷いた。緩く弧を描いた彼の両目だけが、無表情に揺れている。

「蓮見くん、悪い話ではないと思うよ。知也は今度、日本本社の常務取締役になるんだ」

「え――？」

櫂は驚いて、思わず声を上げた。随分早い出世だ。知也は真大と同じ、まだ二十七歳だろうに。

「彼は近々、トミタ会長のお嬢さんと結婚するんだよ」

ずきん、と櫂の心臓が重たい音を立てた。抑揚のない真大の声が、耳の奥で反響している。

「それは……おめでとうございます」

うわの空で櫂は言った。

知也の結婚を真大が喜べるはずがない。きっと真大は、この社交辞令にさえ傷付いている。

「ありがとう。そうだ真大、式場のハワイのホテルにお前の部屋も取っておいたぞ。友人代表のスピーチ、もう考えてくれたか？」

「あ……、ううん、まだ――」

「この間会った時に頼んだのに、しょうがない奴だな。ほら、お前の航空券。早めに現地入りしてビーチで一緒に泳ごう。独身最後の日は、真大といたいよ」

「知也。そんなことを言ったら、沙耶子《さやこ》お嬢さんが焼きもちを焼くよ」

渡された航空会社のチケットを握り締めて、真大は笑顔を作り続けている。知也に想いを伝えないまま、真大は笑って、彼の結婚を祝福しようとしている。いじらしいその姿を見て、櫂の胸は槍で抉《えぐ》られたように痛んだ。

（真大。――何で笑ってんだ。つらいんだろ）

知也と親友でしかいられない距離。それが真大を茨《いばら》の棘《とげ》で苦しめている。端《はた》で見ている自分の方が耐えられなくなって、櫂は二人の間に割って入った。

「あの、室菱さんの挙式はいつですか？」

「六月の最終週の日曜日。日本時間でね」

「――都合が悪いですね。ちょうど学会の日です。そうですよね、北岡教授」

学会の予定などなかった。嘘でも真大が楽になるなら、許されるはずだ。

「本当かい？　真大、どうして言わないんだ。困ったな。日程の変更はもう利かないし」

しかし、櫂の嘘を押しやって、真大は自分が傷付く方を選んでしまった。

「ううん……っ、大丈夫。結婚式には出席するよ。知也のお祝い、したいから――」

「真大！」

無意識に呼び捨てにしてしまった櫂を、知也は怪訝《けげん》そうに見やった。

「君は……随分真大と親しくしているんだな」

「あ、いえ」

「確かに真大は、君たち学生とは年齢も近い。きっと学内では一番若い教授だと思うが、目上の人間に呼び捨てはよくないな」

「――はい。失礼しました」

「そんなことでは、蓮見くんは実社会に出て苦労するぞ。気を付けなさい」

反論する余地もなく窘《たしな》められて、櫂はぎゅ、と両手を握り締めた。知也の言うことは正しい。しかし、その正論は櫂の中で理不尽な憤《いきどお》りを生んだ。

常識的で、窘め方も心得ていて、エリートな匂いのする男。真大が演技で完璧さを装うことに比べて、知也はとても自然体だ。最高の結婚相手がいて、出世も約束されている彼は、きっと想像することさえできない。親友を結婚式に招待するという、当たり前でとてもまっとうな自分の行動が、真大をどれほど苦しめているかを。

「知也、蓮見くんのことをそんなに怒らないで。彼には大学でとてもよくしてもらっているんだ」

「それでもけじめはつけるべきだろう？　真大、学生に慕われるのは構わないが、お前はこの副所長まで務めた尊敬に値する人間だ。ちゃんとお互いの立場を弁えて、線引きはしておいた方がいい」

「——うん。僕にそういう意識が足りなかった。ごめん……知也」

知也に謝る真大を見て、かっ、と櫂の中に怒りが湧いた。

「何故ですか。教授が謝る必要なんかない」

「もういいから。蓮見くん。君も、ごめんね。僕の親友が厳しいことを言って、気を悪くさせたね」

「どうしてだよ——。どうしてあんたが謝るんだ！」

真大は大きくかぶりを振った。まるで、三人で同じ場所に対峙《たいじ》していることが耐えられなくなったように、彼はロビーを出て行こうとした。

「そろそろ大学へ戻らないと。知也、また連絡するから」

「真大。ちょっと待て」

「行こう。蓮見くん」

櫂の手首を摑んだ真大の指先は冷たかった。知也の結婚式の話が出た時から、もう限界だったのだろう。眼鏡の下の彼の瞳が赤く充血している。足元もどこかふらついていて、頼りない。その姿を見てしまったら、櫂は自分の怒りを封じ込めるしかなかった。

真大が親友の前で続けてきた演技。完璧なそれが涙で崩壊しないように、櫂は真大の手を握り返して、片腕の中へと彼を抱き込んだ。

「……櫂……くん」

名字さえ呼べなくなったその声に、櫂は舌打ちしたい思いをこらえて、茶番を演じた。

「北岡教授、足元が危ないですよ。昨夜も徹夜で仕事をされていたようだし、具合が悪そうだから、車まで俺が連れて行きます」

「お願い、します――」

スーツの胸に押し当てられた、真大の眼鏡のフレーム。銀色のそれよりも綺麗な涙の雫《しずく》が、厚い布地を通して櫂の心臓に滲《し》みていく。

真大の恋は、多分、成就できない。彼と知也が親友でいる限り。傍観者でしかない櫂ができることは、今すぐここから真大を連れ出してやることだけだ。

「失礼させていただきます。室菱《わずら》さん」

「真大は俺が送ろう。君の手は煩わせない」

「気を遣っていただかなくて結構です。北岡教授は、自分をご指名ですので」

慇懃《いんぎん》なその言葉に、知也は憤ったように顔色を変えた。足早にロビーを抜け、正面玄関から駐車場へ向かった櫂は、真大を自分の車の助手席に乗せてエンジンをかけた。

白亜のコンクリートで建てられた研究所が、バックミラーの中で小さくなる。ギアを握っていた櫂の手に、真大の手が重なった。

「知也に、何も言わずにいてくれて、ありがとう」

「……知るか」

「学会だと嘘をついて、庇《かば》おうとまでしてくれた。僕と――、僕と君との秘密を守ってくれて、……ありが、とう」

「うるせぇんだよ」

ぽたぽたと真大の頬に流れ落ちる涙を、櫂は見たくなかった。

「――慰めてほしかったら、リクライニング倒しておとなしくしてろ」

知也のために流す涙を、全部消し取ってしまいたかった。


「ふ、うっ、……んぅ……っ」

狭いスポーツカーはセックスには向かない。水音が車内に充満するほど真大の唇を貪った理由を、櫂はそのせいにした。大学の教授室で同じことをした時に、あれきりだと思ったのに。またキスをしてしまった自分に惑いながら、涙の味がする真大の唇を、熱い吐息で上書きしていく。

手でいかせるのと、口と、騎乗位で交わるのと、どれがいいと真大に尋ねたら、彼はどれも選ばなかった。しかし、土気色になって震える彼の唇が、切実にキスを求めているように見えて、耀は放っておくことができなかった。

「く……、んっ、んん――！」

唇を重ねてから、十分、いや、二十分は経っただろうか。車で研究所を出た辺りから、耀には時間の感覚があまりない。

口腔に乱暴の限りを尽くされ、キスだけで股間を汚した真大は、ぐったりとしてシートに体を預けた。耀はダッシュボードに入れていた煙草《たばこ》を取り出し、めったに吸わないそれをくゆらせてから、情事の場所に選んだ河川敷の公園を後にした。

「……悪かったな。あいつにつっかかるような真似をして」

ハンドルを繰りながら呟《つぶや》くと、身繕いをする音が隣から聞こえる。朝から曇っていた空が、走行距離が伸びるごとに刻々と暗くなっていく。

「君が謝るなんて……、おかしい、ね――」

「あんたが惚《ほ》れてる男だから。あの知也って奴のこと、好きなんだろ？」

真大は頷きも、首を振りもせずに、初恋だった、とだけ言った。過去形の囁《ささや》きの後、短い沈黙に包まれたツーシーターの車が、県境の橋を越えていく。

「……子供の頃、サッカー部のエースで生徒会長だった知也に、僕は女の子のように憧《あこが》れた。

人気者だった彼のそばにいたくて、完璧な人間になろうとした僕に、知也は親友のポジションをくれたんだ」

「そんなに大層な奴かよ。見た目は悪くなかったけど、あんたと比べりゃ凡人だろ」

「知也をそんな風に言う人、君が初めてだよ。櫂くん、……太洋石油って、知ってる?」

石油の元卸会社だ。洛央大の近くにも系列のガソリンスタンドがある。

「ああ。それがどうした」

「太洋石油は、彼のお父さんの会社。お兄さんが専務をしていて、次男の知也は、事業で繋がりの強いトミタ自動車に就職したんだ」

御曹司の顔を思い浮かべて、櫂は煙草を灰皿に押し付けた。恵まれた境遇の人間というのは、現実に存在するのだ。

「ふん。会社ではエリートな上に、上流家庭かよ。あんたはあいつを追っ駆けてトミタに入社したのか」

「……うん。新しいエンジンを開発するたび、知也は喜んでくれた。僕は本当は、三流の研究者なんだ。彼に必要とされることが嬉しくて、——それだけで十分だった」

「あいつに嘘ついたまま、ジジィになっても親友やんのか。バッカじゃねぇの」

「そのつもり……だったよ。知也に、婚約者を紹介されるまでは——」

キキ、とタイヤが鳴る。点滅する黄色の信号の下を潜《くぐ》り、櫂は市街地へ抜ける国道へハンドルを切った。

「トミタ会長のお嬢さん――沙耶子さんは、会長秘書をしている有能な女性で、とても綺麗な人なんだ。三人で食事をした時、結婚するんだって、知也が彼女の肩を抱いて幸せそうに僕に言った。披露宴のスピーチを頼むって。……燿くん。僕が、君を初めて買った日だ」

黒雲に空が覆い尽くされる。梅雨の奔《はし》りの雨が、フロントガラスにぽつりと跡を残す。

「僕の中に、大きな穴が空いたみたいだった。僕は多分……知也と結婚できる彼女に、嫉妬《しっと》を、していたと思う」

あの日も雨が降っていた。昇降を繰り返すホテルのエレベーターの中で、真大は心をどこかに置いてきたように立ち竦《すく》んでいた。

「……食事の後のこと、あまり覚えてない。気が付いたら僕はベッドの上で、裸になってた。真大って呼ぶ声がして……、あ……温かくて、知也の夢を見ようと思って、君を身代わりにした」

訥々《とつとつ》と話す真大の声が、次第に語調を乱していく。雨量を増す車窓の景色のように。

「燿くん――、あの日だけ、一度だけで、やめようと思ってた。本当に……もうしちゃいけないって」

「分かってる。俺だってあんたと二度と会う気はなかったよ」

「でも、君はまた僕の前に現れてくれた。何度も抱いてくれて、我《わ》が儘《まま》を聞いてくれて、僕が求めていたものを、全部くれた――」

雨脚はいっそう激しくなった。市街地の濡れた車道を、車は猛スピードで駆けていく。

「……君と会ってすぐ、僕はあの研究所を辞めたんだ。親友の婚約者に嫉妬をするような、汚い心を持った自分に嫌気がさして、トミタで働く資格もないと思った。もっと早く、辞めるべきだった」

「あいつのために地位も名誉も捨てたって言うのか？　それであんたは満足してんの？」

「櫂くん、僕には地位も名誉も無意味なものだ。僕はただ、知也を好きになる前の自分に戻りたかった。……演技をしなくても、知也に笑っていられた頃に」

それは真大が子供の頃だろう。知也がただの親友でしかなかった、きっと満ち足りていたはずの過去。

櫂は助手席の方を見ずに、雨に煙《けぶ》るフロントガラスの向こうを見詰めた。激しく動くワイパーが、セックスのたびに幼い顔で泣く真大をフラッシュバックさせる。

「……あの日、君と出会わなかったら、僕は知也と彼女を恨んでいたかもしれない。心をからっぽにしたまま、あの研究所でもがいていたかもしれない」

赤いスポーツカーが、水飛沫《みずしぶき》を上げながら洛央大学行きのバスを追い越す。だんだん真大の話を聞いているのが苦痛になって、櫂は新しい煙草に火をつけた。

「こんなに弱くて、情けない僕を、櫂くんは綺麗だと、かわいいと言ってくれたんだ。とても……とても嬉しかった。糶くんと過ごしていると、僕は君のことだけでいっぱいになる。君に抱かれている時、僕は真っ白になって、君をもっと欲しいって、せがんでしまう」

真大はこれ以上ないほどの殺し文句で、残酷に宣告する。自分たちは体だけの関係だと。糶とのセックスは所詮《しょせん》、真大に一瞬の快楽しか与えられない。

「君は涸《か》れることなく、僕を満たしてくれる優しい人――」

「……ふざけたことを言いやがって」

砂を撒《ま》かれたように、糶の口中がざらついた。タールの苦い唾が喉を駆け下りていく。

「あんたは俺に何を期待してんの。高い金で買われりゃ、望み通りのサービスはするさ。あんたも天才科学者なら、それっぽく割り切ってくれよ」

煙草の煙が目に沁《し》みる。最初から分かり切っていたのに。知也の代用品にされることが、こんなにも虚しいとは思わなかった。

「あんたはすごいよ。あいつの親友でいたいだけで、とんでもないエンジンを作って、研究所の副所長に収まって――。あいつのために、よくそこまでできたと思うよ」

視界不良の街が、ゴーストタウンのように雨の中に沈んでいる。センターラインを跨《また》いで、糶は大学の職員用マンションへ続く脇道へと車を進めた。

「真大。この車があんただとしたら、室菱知也はハイオクだ。走り続けるための燃料」

真大を諭しながら、糶は自分に言い聞かせた。誰も知也の代わりにはなれない。真大の心はたった一人の人間に占められている。

「――ガソリンがなきゃ、あんたは走れないんだ」

櫂は路肩へ車を停めた。指先が強張《こわば》って、もうハンドルが持てなかった。

「着いたよ。降りろ」

「……櫂くん……」

櫂は俯《うつむ》いて、手元の操作ボタンを押した。助手席のドアロックが、無機質な音を立てて解除される。

真大は膝の上で手を一度握り締め、ふんぎりをつけるかのようにシートベルトを外した。

「送ってくれて……ありがとう。今度の水曜日に、また二人で会ってくれますか」

「……あんたはまだ俺を買いたいの？」

いったいいつまで。そう問おうとした櫂の隣で、真大は上着から財布を取り出す。何も言わずに、真大は自分の財布の中の一万円札を全部抜いて、それをダッシュボードの上に置いた。

「櫂くん。僕は、君に甘えている」

「とっくに知ってるよ。そんなことは」

「本当はお金を払うたび、君を困らせていることも、分かっているんだ。君は優しい人だから、僕が楽になれるように、自分を買えと言ってくれたことも。――自分勝手な人間でごめん。それでも僕は、君を欲しがることを、止められない」

真大はダッシュボードの一万円札の上に、彼名義の銀行のカードを重ねた。

「おい」

「暗証番号はホテルの部屋と同じ――。櫂くん、今日、君が僕を守ってくれたこと、本当に嬉しかった。君がしてくれたキスも。……櫂くんは、僕にたくさんのことを教えてくれる」

ドアが開く軋《きし》みとともに、真大の靴が水溜《みずたま》りを踏む。櫂は一人きりで取り残された。

「真大……」

ひっきりなしに車体を叩《たた》く雨粒が、櫂の声をか細く、弱くさせる。櫂はおそるおそる顔を上げた。

(俺があんたに、何を教えたって?)

キスの報酬の向こうに、去っていく真大の後ろ姿がある。雨に打たれて寒そうな背中が、出会った日のように温めてくれるものを欲しがっている。

「――くそ……っ」

だん、とハンドルを叩いて、櫂はそこに顔を突っ伏した。真大を追い駆けて今すぐ抱き締めたい。雨がこれ以上、彼を濡らさないように。

そう願う心に逆らって、櫂はフィルターに届きそうな指先の煙草の火を揉《も》み消した。真大に優しくしたい気持ちも、好きなだけ甘えさせたい気持ちも、ダッシュボードの上の報酬がせせら笑うように打ち消してしまう。

（俺はあいつの代わり――。なのにあんたは、いったい俺の何が欲しいの。金で買えるこの体しか、どうせいらないくせに）

金と体で繋がった偽りの関係に、櫂の気持ちや感情や、心がどれほど必要だというのだろう。どれも不必要だと分かっているのに、櫂は真大の姿が消えた助手席を見詰めて、彼を思うことを止められなかった。

9

キッ、とタイヤを鳴らして、赤いスポーツカーが地下駐車場に入っていく。滑るように車庫入れをしたその車から、櫂はキーを片手に降りた。

「いらっしゃいませ、北岡様」

真大の名前で予約をしてあるホテルは、憂鬱《ゆううつ》な顔をした櫂を、今日も静かに出迎えた。

エタノール・カーの意見交換会が行われた翌週の、水曜日の午後七時。いつもの時間、いつもの待ち合わせ場所。常連客専属のフロント係が、櫂を駐車場から直接客室へと案内していく。

櫂の方が先に、部屋に到着しているのは珍しい。十一階の窓から見える夜景は、梅雨に入ったせいで雨に煙っている。乏しいネオンが明滅するだけの、ますます気分が落ち込みそうな景色をカーテンで隠して、櫂はソファに腰を下ろした。

（この部屋――禁煙だったな）

テーブルに灰皿が用意されていないことに、今更気付いて、櫂は上着のポケットを探っていた手を止めた。ここ数日、日を追うごとに煙草の本数が増えている。不健康な苦味を体が欲しがって、水曜日の今日はピークに達していた。

「遅い」

昼間に予約のメールを送ってきたくせに、十五分、三十分と、待ち合わせの時間を過ぎても、真大は現れない。じっとソファに座っているのも億劫《おっくう》で、櫂は携帯電話を操作しながら、不機嫌な声で呟いた。

「……このままキャンセルにしてくれりゃいいのに……」

気乗りがしないからといって、買われた方からキャンセルする権利がないことは、よく分かっている。先週トミタの研究所で、知也といる時の真大の姿を見てからというもの、櫂の頭の中は二人の映像ばかりだ。あの作り物の真大の微笑みは、時間が経ってもまだ痛々しく、同時に櫂を憤らせる。

あんな顔を作ってまで、完璧さを装ってまで、真大は親友の知也を想っている。知也は知也で、真大に何の疑問も抱かず、自慢の親友だと臆面もなく言った。

く、と櫂は唇を歪《ゆが》ませて、真大と知也の薄氷の上の親友関係を一笑した。知也に秘密の全てを暴露して、真大の想いも、彼らの関係も、何もかもずたずたに壊してやろうか。

櫂は傍らの冷蔵庫から水のペットボトルを出して、胸の奥に黒く湧いてくる企《たくら》みを、冷たいそれとともに飲み込んだ。

そんな馬鹿馬鹿しいことをして、後に残るのは、見たくもない真大の泣き顔だけだ。この部屋のベッドには、セックスの最中に流した真大の涙がいくつも染《し》み込んでいて、櫂の気分をさらに重たくさせる。

「――いつまで待たせるんだ、あいつ」

耀は苛ついた指で、携帯電話の時刻を確かめた。ホテルに着いてから、もう一時間も過ぎている。真大に電話をかけてみると、あえなく通話中だった。

手持ち無沙汰《ぶさた》に、ラボや研究室から届いているメールを整理しても、たいして気晴らしにはならない。不意に電話帳のページを見ると、以前付き合っていたセフレたちの番号が表示された。

もう何ヶ月も連絡をしていない、向こうからの着信もない、単なる名前の羅列。もしも真大に出会う前だったら、待たされた腹いせに適当な誰かを呼び出して、適当に抱いて、適当に体を満たしていただろう。

電話帳をスクロールさせながら、セフレの顔をまったく覚えていないことに気付いて、耀は溜息をついた。今ここで、誰かを呼び出す気にはなれない。片っ端から女の名前を消去していって、『M』とイニシャルだけで登録してある真大のところで、指が止まる。

既に暗記している彼の番号は、研究室の連絡網にも載っている。毎日大学のどこかで顔を合わせる、セフレに最も適さない相手。男の真大の名前だけが、耀の手元で、消去されずに残っている。

番号はおろか、真大が送ってきたメールも全て残してある自分に呆《あき》れて、耀はもう一度溜息をついた。消去しようとしても、指がそれを嫌がって抵抗する。

体は正直だ。他の男には微塵《みじん》も反応しないのに、真大には屹《た》つ。鬱々とした今夜でさえも、マンションでシャワーを浴びて来るほどには、体の準備はできていた。

(でも、気持ちは？)

らしくなく服の上から心臓に手をやって、真大のことを考えるたび痛みの増すそこを、ぎゅ、と鷲掴《わしづか》む。束縛を嫌って、心の中に誰も住まわせたことがなかったのに、いつの間にか真大がいる。彼に出会って初めて知った痛みは、日増しにひどく、深くなって、息が苦しい。

「真大――」

早く来て、抱かせろ。抱く気がなくても抱ける矛盾を、真大に買われたせいにするのはもう無理がある。この訳の分からない痛みごと、あの柔らかな体の奥に注ぎ込んで、死んだように眠りたい。

何も考えたくない。何も感じない機械になりたい。痛みに囚《とら》われた心が重荷で仕方ない。

何度目かの溜息をついた時、コツ、と部屋のドアがノックされた。櫂の背中に僅《わず》かな震えが走る。

「真大」

ゆっくりとドアを開けると、絨毯《じゅうたん》敷きの廊下に立っていた真大は、軽い目礼をして部屋へと入ってきた。彼の髪の先から、雨の粒が伝い落ちている。日焼けをしていない白い項《うなじ》が、いつかのどしゃぶりの夜のように儚《はかな》げだった。

「遅くなって、ごめんなさい。連絡、しようと思ったんだけど、出掛けに用が重なって」

「一度電話したら、話し中だった」

「うん。学会誌に寄稿する依頼があって。――外、すごい雨だね」

「知らない。見てない」

「……タオル、あるかな」

「シャワー浴びたら」

「耀くん、君を待たせたことを、怒っているの？」

「怒る間柄でもないだろ。俺たちは」

部屋の入り口に二人で立って、ぎこちない会話を交わしている。出てくる言葉は互いに少なく、すぐに沈黙が立ち込めた。

膠着《こうちゃく》した空気を振り切りたくて、耀は歩きながら上着を脱ぐと、それをソファへと放った。真大にわざと見えるように、ベッドの枕元には露骨に避妊具の包みを置く。

「耀くん……」

一瞬で頬を赤く染めて、真大はベッドのない方へと顔を背けた。

「こっち、来ないの？」

「う、うん――」

「そこで立ってしたいの？　あんたの好きにすりゃいいけど」

投げやりな口調で言いながら、耀は自分のシャツのボタンを外していく。胸元をはだけた野性的な格好で、まだ入り口に立ったままの真大に歩み寄ると、彼の右手を取った。

「来いよ」

緊張をしているのか、重ねた手は冷たく汗ばんでいた。ベッドのそばまで連れて行っても、真大は抱かれ方を忘れてしまったかのように、服一枚脱ごうとしない。

耀が手を離すと、真大は固く締めたネクタイを握って、そのまま動かなくなった。耀に焦点を合わそうとしない瞳は、彼の強い逡巡《しゅんじゅん》を表している。

（あんたの方から俺を買いたいと言ったくせに。この間、知也に会ったから、迷ってるのか）

真大が親友に義理立てしているように思えて、耀は虚しさと怒りが混ざり合ったような、胸苦しい気持ちに包まれた。真大の服を脱がせることも、ベッドに横たえることもできないまま、ただじりじりと時間だけが流れていく。

もう午後八時過ぎ。真大が耀を買った二時間は、刻々と減っている。このいたたまれない沈黙から解き放たれたい。

「あんたにその気がないなら、帰ってもいい？」

「……あ……っ、ま、待って……」

「したいの？　したくないの？　はっきりしろよ」

ネクタイを握り締めたまま、真大は櫂を見上げた。まるで、櫂の手でネクタイを解《ほど》いてほしいみたいに、瞬きのない瞳で訴えている。

「ずるいな、あんたは」

自分が迷っていることを、人に選ばせる真大はずるい。櫂が苦い笑みを浮かべたその時、突然雑音が部屋に響いた。

ルルルルルル。真大の上着のポケットの中で携帯電話が鳴っている。びくっ、と大きく震えた彼は、長くコール音が続いてから、やっと電話を取り出した。

「ごめん、ちょっと」

間の悪い電話を耳にあてて、真大は櫂に背中を向けた。丸めたその背中を見た後で、櫂は疲れた気分で髪をかき上げる。

「もしもし。——知也？」

はっ、と櫂は息を詰めて、指に絡まる髪を握り締めた。膠着し切った夜に割り込んできた、知也からの電話。真大のさっきまでの心細そうな声が、普段通りの穏やかなものへと変わっていく。

「うん、ああ、その話は……この間も電話で言ったけど、気にしないで」

電話のやり取りでさえも、真大は演技をしている。彼の耳元から漏《も》れ聞こえてくる知也の声は、どことなく早口だった。

「知也、また今度ゆっくり話そうよ。――え？　急にそんなことを言われても……」

耀とは無関係に、二人の会話は続いている。急に喉が渇いてきて、耀は飲みかけの水のボトルを一気に呷《あお》った。

「今東京にいるんだろう？　こっちは遠いし、僕の都合がつかない。会うのは無理だよ」

知也は真大に会いたくて電話をしてきたらしい。東京から電車に乗るのか、車を飛ばすのかは知らないが、耀は知也に、ここへ来てほしくなかった。

（うっとうしい奴。あんたの親友は、今は俺といるんだよ）

水曜日の午後七時からの二時間。何ヶ月も真大と濃密に過ごしてきたこの時間を、誰にも邪魔されたくない。

「駄目だよ、今日は大事な用があるんだ。……知也、無理だってば。もう――、聞き分けのないことを言わないで。ね？」

知也を窘める真大の声が、やけに甘ったるく聞こえる。飲み干したペットボトルを、耀は無意識に手で潰していた。

（知也に聞かせるな。あんたは――あんたは俺にだけ、そんな声で話してりゃいい）

水では払拭し切れない、ふつふつとした不快感が体の奥の方から突き上げてくる。

同じホテルの部屋にいながら、真大は耀を見ない。電話の向こうばかり気にして、耀に背中を向けたままだ。

（さっさと切れよ。あいつの電話なんか、どうでもいいだろ）

まるで真大を取り合うように、櫂は電話の向こうの知也に嫉妬していた。胸に湧いた不快感は、心臓の痛みと重なって、真大を自分だけのものにしたい独占欲へと変わっていく。

「くそ……っ。何だよ、これは」

心の中で吐き捨てたつもりが、櫂の声は、苦しい囁きとなって部屋の床に零《こぼ》れた。嫉妬も独占欲も、勘違いだ。真大に――同じ男にそんな感情を持つなんて愚かだ。

そう否定し続けても、心臓の痛み一つ楽にはならない。激しい鼓動と動揺が櫂を襲って、酩酊《めいてい》したようにぐらぐらと視界がぶれる。いつまでも電話を切らない真大の姿に、怒りがこみ上げてくる。

「知也、ちゃんと僕の話を聞いてよ。とにかく今日は会えない。忙しいんだ。だから」

「――いいかげんにしろよ」

櫂は背後から真大の腕を摑むと、そのままベッドへと引き摺《ず》っていった。

「か、櫂くん……っ？　あッ！」

力まかせに真大を押し倒し、腹の上へと馬乗りになる。真大が右手に握ったままの電話から、知也の声が聞こえてきた。

『真大？　どうしたんだ。誰かそこにいるのか？　おい、真大っ』

急に通話が途切れたせいで、知也はひどく驚いている。慌てた声で真大を呼ぶ彼に、櫂はまた嫉妬を覚えた。

「もうかけてくるな」

反射的に真大の電話を奪って、耀は目障りで仕方ない知也へと、そう言い放った。知也が何か喚《わめ》いているのを無視して、電源を切る。

電話を取り返そうと伸ばしてきた真大の手を、耀はベッドに深く縫い止めて、彼の身動きを封じ込めた。

「か、返して――耀くん」

「うるせぇな」

ひくっ、と真大の喉が怯《おび》えたように喘《あえ》いだのを、嫉妬に眩《くら》んだ耀の瞳は見逃した。感情が弾《はじ》けるのにただ身をまかせて、電話をソファへと放り投げる。

「いつまでも待たせせんじゃねぇよ！　あんたが欲しいって言うから来てやったんだろ。俺以外の奴のことなんか放っておけよ！」

電話が壊れようが、隣の部屋まで怒鳴り声が響こうが、耀はどうでもよかった。知也から奪い返した真大を、早く自分だけのものにしたい。

彼のネクタイのノットに指を入れて、乱暴に引き抜く。スーツの上着のボタンも、シャツのボタンも、いつものように丁寧に外していく余裕はなかった。ボタンごと服を引き千切って、すべらかな真大の鎖骨に顔を埋《うず》める。

白くて傷のない肌へと、櫂は遠慮のないキスで痕《あと》をつけた。唇だけでは飽き足らずに、牙《きば》のようにそこへ歯を立てる。いくつもいくつも自分の痕をつけながら、薄い胸を揉みしだき、乳首に爪を食い込ませ、膝で真大の下腹部を押し潰す。

自分が満たされたいだけの乱暴な愛撫は、愛撫とは呼べない、ひどいものだった。自分が何をしているかも、櫂には分からなかった。真大のスラックスのベルトを引き抜こうとして、ふと、彼の膝が震えていることに気付く。

「……何……？」

櫂の下で小さくなっていた体は、知らないうちにどこもかしこも震えていた。無抵抗にシーツを摑んだ真大の指先は、真っ白に変色して冷え切っている。ぐしゃぐしゃに乱れた髪の張り付いた、青褪《あおざ》めた頰。真大の瞳は、涙が溢《あふ》れるのを耐えるように固く閉ざされている。

「──真大……っ」

そんな怯えた顔をさせたかった訳じゃない。真大を傷付けたかった訳じゃない。ただ真大が欲しくて、独り占めにしたかっただけだ。

まるで凌辱《りょうじょく》された後のような、真大の肌に残った血の滲《にじ》んだ痕を、櫂は正視することができなかった。激しい後悔と焦燥で、胸の奥がじりじりと焼け付くように痛む。

「あんた、何で嫌がらなかったの」

「──」

真大がゆっくりと瞼を開けて、櫂を見上げた。瞬く間に潤んでくるその瞳が、あんまり綺麗で、澄んでいたから、欲望に染まった自分の醜さばかりが鼻につく。

「怖かったんならそう言えば？　俺だって機械じゃねぇんだ。腹が立つこともあれば、あんたにやつあたりしたい時だってある」

真大を傷付けておいて、責める言葉しか言えない自分が、櫂は憎らしかった。謝って許してほしい気持ちとは正反対に、のろのろと真大の上から体を離して、ベッドを下りる。

「帰る」

はだけていたシャツのボタンを留めて、櫂はおざなりに髪を整えた。身繕いを終えた背中側で、真大が小さく呟く。

「どうして。櫂くん」

「今日は、あんたをまともに抱ける気がしない」

「……嫌だ。帰ら、ないで」

「意味分かんねぇし。あんたさっき俺にされたこと忘れたの？」

「お願いだ。——帰らないで。水曜日の今だけは、櫂くんは、僕のもの、だよね」

ずきん、と櫂の心臓が痛みを増した。まるで真大に、後ろからそこを握り締められているかのようだった。

いつでも従順で、櫂に逆らったことがない真大が見せた、初めての我が儘。『僕のもの』

と言われて、ほんの少しでも喜んだ自分の浅ましさに吐き気がする。

「キャッシュカードまで差し出した分、あんたを楽しませろって？」

「そんなこと言ってない……っ」

「――俺じゃなくても、あんたには、あいつがいるだろ」

燿はソファに脱ぎ捨てていた上着を羽織ると、そのそばにあった、真大の携帯電話を手に取った。

「ほら」

ベッドの方へと振り返って、電源を入れ直したその電話を、燿は真大の手元へと置いた。

「一人が嫌なら、あいつを呼べ」

「え……」

「室菱知也。あんたに会いたがってんだろ。今頃、東京からこっちに向かってるかもな」

燿の言葉を肯定するように、電話がけたたましく鳴り始める。何通かの未読メールと、不在着信の通知。それらが届いたのも束の間《つかのま》、知也の名前が液晶に表示されて、今度はコール音が鳴った。

「――出ろよ」

「燿くん……」

「あんたのことを心配してんだろ。セフレに襲われたって、親友に泣きついて、慰めてもらえば？」

じゃあな、と言い置いて、櫂は踵を返した。コール音がうるさく鳴る中を、部屋のドアへと向かって歩き出そうとする。しかし、服の袖に何かがしがみ付いて動けない。

「何だよ……っ！」

振り返ると、すぐそばに真大の顔があった。彼にありったけの力で引き寄せられて、バランスを崩したままベッドへと倒れ込む。スプリングが深く沈んで、櫂は一瞬息が詰まった。

「く……っ」

「——櫂くん——」

酸素を求めて喘いだ唇を、柔らかなものが前触れもなく塞《ふさ》いだ。真大が呼んだ櫂の名前が、互いの口中でくぐもって聞こえる。

（なん、で）

真大に唇を奪われながら、櫂は頭を真っ白にさせた。このキスの意味が分からない。自分の方から奪っておいて、真大の唇がひどく震えている意味も。

息継ぎもままならない、どうしようもなく不器用でへたくそなキス。それでも懸命に、真大は櫂の唇を食んで、自分の唇を押しあててくる。

電話のコール音が長く続くに従って、真大のキスは激しくなった。たどたどしい舌で櫂の口腔をなぞり、舌を搦《から》め捕《と》る。逃げても追われて、舌を吸い上げられるうちに、いつしか櫂

もキスに溺れていった。

「んっ……、ん――」

胸の上の真大の体を抱き締め、乱れたままの彼の髪を指で掴む。キスに感じて波打つ背中を、大きな手で撫で摩《さす》って、僅かな隙間もないくらいに、真大の温もりを体じゅうで受け止める。

「……はっ、はあ……っ」

火に包まれるような熱烈なキスを、息が続かなくて先に解いたのは、櫂の方だった。赤く腫《は》れた真大の唇が、まだ足りないと言いたげに、櫂の首筋や顎《あご》へとキスを繰り返している。

「何してるんだ、あんたは」

「君に、キスを、してる」

「……バカか。相手が違うだろ。早く電話に出ろ」

ぶるぶると真大は首を振って、櫂の髪に頬を埋めるようにしながら、甘える仕草をした。

「電話には出ない。――君とこうしている」

「離せ。帰ると言ったろ……」

「帰らないで……っ。君にもっと触れたい。お願い、君とキスをさせて」

「身代わりのキスなんか、してやらないよ」

「――身代わりじゃない。僕は、櫂くんとキスがしたいんだ」

「本当は知也としたいんだろ？　あいつとできないから、俺とするんだよな？」

「違う――」

「何が違うんだ。あんたの唇、大事に取ってたんじゃねぇの？　親友にくれてやるつもりで、誰ともキスしなかったんだろ？」

「……違う、違う……っ。分かって、櫂くん」

「何にも分かんねぇよ。だってあんたは、あいつのことが」

「僕と君の時間に、知也は関係ないよ……っ！」

切羽詰まった声で言いながら、真大はもう一度櫂の唇を奪った。

キスで自分を引き止めようとする、真大の必死さに惑乱する。どうして真大がそこまでするのか、何一つ理由が分からなくても、彼が真剣に求めていることだけは伝わってくる。

（真大が、俺を、選んだ）

自分の唇が熱に染まっていくのを、櫂は真大の唇の温度で知った。彼がキスの相手に選んだのは、電話の向こうの親友じゃない。

「真大……っ」

「んっ、……櫂くん、櫂――」

真大と一秒も唇を離したくない、この気持ちをどう解析すればいい。知也から真大を奪えた喜びが、ずきずきと櫂の胸を打って鼓動を早鳴りさせる。

真大を両腕で抱き締めながら、耀は彼のことを離したくないと思った。乱暴に真大を抱くより、こうしてキスを繰り返す方が、彼が自分だけのものになったような気がする。

「耀……耀」

「あんたにそう呼ばれるの、やっぱり、いい」

ふと気がつけば、鳴り続けていた電話のコール音は、いつの間にか途切れていた。静寂が訪れた部屋の中で、二人の息遣いと水音だけがうるさい。キスで体じゅうを熱くした真大が、自分を支える力をなくして体重を預けてくる。

「……重たくって、ごめん……」

「いいよ。真大、あんたのキスは、不器用だけど」

「――うん」

「嫌いじゃないよ」

真大の前髪をそっとかき上げて、熱っぽい彼の眼差しを露《あら》わにさせる。柔らかな頬を掌で包み込んでやると、真大はうっとりと瞳を細めた。

「キスだけでいいの……?」

「いい、の。このまま、僕がもういいと言うまで、耀くんのここは、僕のもの」

細い真大の指が、耀の唇を撫でていく。くすぐったいと思う以上に、その震える指先さえも自分のものにしたくてたまらなかった。

「櫂くん、僕――、僕、は、櫂くんのこと」

真大は何かを言いかけて、躊躇《ためら》うように唇を噤《つぐ》んだ。真っ赤になって顔を伏せた、彼のその言葉の続きを知りたくて、今度は櫂の方から唇を重ねて真大の口腔に舌を割り込ませる。

(もしかしてあんたも、俺と同じ気持ちなのか。俺を独り占めしたいと思ってるのか。なあ、そうなんだろう?)

二人きりのベッドで繰り返す、この濃密なキスの意味。このままキスを続けたいのは自分だけじゃない、真大も同じだ、と、独りよがりな仮説に確証がほしい。

しかし、真大はもう何も言わなかった。蕩《とろ》ける舌と唇で櫂に応えて、彼は終わりのないキスの夜へと身を投じていった。

10

「――はい、蓮見です」

工学部研究棟の廊下を歩いていた櫂は、梅雨空が見える窓の前で立ち止まって、携帯電話を耳にあてた。

就活先の企業から、最終面接に残ったという連絡と一緒に、会食の誘いを受ける。面接は形だけで、後は櫂の気持ち次第ですぐに内定が出るという段取りだ。重役も参加する会食には、あまり興味がなかったが、櫂はその誘いを断らなかった。

「ええ、ぜひ伺います。日時の方は――あ、はい。分かりました。よろしくお願いします」

電話を耳から外した指先が、心なしか弾んでいる。通話の相手が、就活の本命と見ていた自動車メーカーの人事担当者だったからじゃない。ここ数日、櫂は機嫌がいいのだ。

「蓮見ー、ヒマしてるー？」

「江藤《えとう》」

「昼メシもう食った？」

廊下の向こうから歩いてきた江藤は、実験の合間に買い出しに行ったのか、白衣姿で櫂にコンビニの袋を掲げて見せた。

「悪い、学食で済ませてきた。コーヒーなら付き合う」

「おー、じゃあ上に行こうぜ」

連れ立って上階のセキュリティエリアに入ると、バイオマス研究室のラボはすぐそこにある。メタリックな銀色のドアと、強化ガラスで仕切られたクリーンルーム。櫂は実験器具の並ぶその部屋を素通りして、奥のロッカールームへと入った。

ラボに併設されたそこは、夜は仮眠室にもなる休憩場所だ。簡単な給湯設備とクッションのいいソファが置いてあり、卒業研究が大詰めになる冬の時期になると、人口密度も一気に高くなる。

「江藤も飲むか？　コーヒー」

「えっ、お前が淹れてくれんの？　いつも俺がやらされるのに」

「人聞きが悪い。――ブラックでいいよな」

櫂は戸棚から、研究室生がそれぞれ持ち込んでいる私物のマグカップを出して、それにインスタントコーヒーの粉を入れた。常時沸かしている電気ポットの湯を注いで、不審人物を見るような目をしている江藤に差し出す。

「ん」

「あ、ありがと。どうしたんだ、お前。何かいいことでもあったのか」

「は？　何も」

いいことがあったとしても、秘密主義の櫂が打ち明けることはない。コーヒーの湯気が立った熱いマグカップに唇を添えると、似たような温度のキスの感触が、櫂のそこに蘇《よみがえ》った。

(――真大。あの日は本当に、キスだけで終わった)

水曜の夜、別れる時間の午後九時になっても、キスを終えることができなくて、結局朝までホテルにいた。いつ眠ったか記憶にはなかったが、櫂が目を覚ました時、ベッドの隣に真大はいなかった。

『よく眠っているようだから、先に出ます。昨夜はありがとう』

ミックスサンドとフルーツの朝食の傍らに、真大が置いていたメモ。それがかろうじて、キスの一夜が自分に都合のいい幻ではなかったと、櫂を安堵《あんど》させた。

真大に唇を独占されたあの夜から、もう二日も経っていることが信じられない。キスの名《な》残《ごり》は今も鮮明で、必死で唇を求めてきた真大の姿が、何度でも思い浮かぶ。

体を繋げることと以上に、唇を重ねて、舌で互いを愛撫するだけで、真大と一つに溶け合えた。あんなに長いキスも、深いキスも、櫂はしたことがなかった。互いが互いだけを求める、独占欲をぶつけるキスに、どうしようもなく胸が震えた。

(あの時の真大は、紛れもなく俺だけのものだった)

あんなに誰かを、強く奪いたいと思ったことはない。真大への独占欲も、知也への嫉妬も、はじめはどちらも認めることができなかった。しかし、真大を手に入れたあの瞬間の喜びは、どんなに取り繕っても、ごまかせない。

「熱……っ」

火傷《やけど》をしそうに熱いマグカップから、櫂は唇を離して、テーブルに頬杖をついた。

あの夜からずっと今日まで、真大のことで頭の中が埋め尽くされている。別段、用もないのに電話をかけたくなったり、メールをしてみたくなったりして、落ち着かない。相変わらず律儀な真大は、次の水曜日を黙って待つつもりらしく、彼の方から連絡はなかった。

（別に、いつでも呼び出せばいいのに）

例えば金曜日の今日なら、夜にどこかへ飲みに行きたいと言ってくれれば、真大を誘える店はバイト先を含めていくつか思いつく。明日の土曜日なら、昼間に車で出掛けてもいい。景色のいいドライブコースも知っている。

ホテルで会うより他に、真大が喜ぶようなことは、たくさんあるはずだ。それを自分が与えてやりたいと思うことは、間違っているだろうか。彼に優しくしたいと思うことは、不自然だろうか。

（こんなこと、俺らしくないって、笑い飛ばすことも、もうできない）

真大があの夜、あんなキスをしなければ、今も櫂は、ドライで合理的な男でいられた。真大をかわいいと思った最初は、気の迷いだと、簡単に受け流すことができたのだから。

（あんたが俺を変えてく。今までの俺じゃなくしてく）

たった一人の誰かを、心の奥に住まわせたら、冷めた男に戻る方法が分からなくなる。真大のことを思うたび、不合理に熱く、痛くなる左胸。――今もまた彼とキスがしたい。

「失礼しまーす。第二グループの班別数値出たんで、第一と照合してもらえますかー」

クリーンルームに繋がるドアが開いて、三年生の後輩がファイルを片手に顔を覗かせる。急に思考を断ち切られた櫂は、ぬるくなっていたコーヒーを憮然《ぶぜん》と飲み干した。

「お疲れさん。データこっちにちょうだい」

後輩から受け取ったファイルを、江藤がぺらぺらとめくる。今ラボでは、エタノールになる前段階のサトウキビの廃糖蜜を、高速で発酵させるための人工酵母を研究中だ。

企業とのエタノール・カーの共同開発チームに入った櫂は、そちらの研究が主体になってしまい、江藤や第一グループの仲間とは別行動を取っていた。

「んー、目ぼしい変化はないみたいだな。うちの班のデータとの違いも、誤差の範囲だし」

「温度条件を変えて、もう一回数値拾ってみようと思うんですけど」

「うん、そうだね。室長の北岡先生にもこれを見せて、チェックしてもらって」

「あ、北岡先生、今日は学外講義でいらっしゃらないみたいです」

「そうなの？　忙しい人だなー」

「何か、来週も大半お休みするって。プライベートでハワイへ行かれるとか」

ぴく、と櫂の耳が敏感に反応した。テーブルの中央にある卓上カレンダーを見やって、来週が六月の最終週だったことに愕然《がくぜん》とする。

（確か……あの男の結婚式が、最終週の日曜日じゃなかったか）

以前、エタノール・カーの意見交換会の時に、知也は真大に航空券を渡していた。ハワイで開く結婚式の披露宴で、スピーチをしてくれと言われて、真大が曖昧に微笑んでいたことを思い出す。

「ハワイに行くんだ？　旅行かな」

「さあ、詳しいことは分かんないんですけど。蓮見先輩は何か聞いてます？」

「――いや。俺は何も」

「いいなー、ハワイ！　俺も北岡先生に一緒について行って泳ぎてー」

「その前に実験でしょ。第一の副班長さんが江藤先輩を呼んでますよ。いつまでサボってんだって」

「いけねっ。そんじゃな、蓮見。コーヒーごちそうさん」

「ああ」

後輩と一緒に、ドアの向こうへ消えていく江藤の白衣を見ながら、櫂は上の空だった。日程といい、既に休みを取っていることといい、真大が知也の結婚式に出席するつもりなのは間違いないだろう。

「どうして……」

真大の心の中を、知也の存在はまだ大きく占めている。そうでなければ、わざわざハワイまで足を運ぶ訳がない。

意見交換会で見た、知也の前で泣き出しそうになっていた真大を思い浮かべて、櫂はマグカップを握り締めた。真大は自分から傷付こうとしている。知也と彼の婚約者が幸せな式を挙げるのを、彼が平気で見ていられるとは思えない。

(何を考えてるんだ、あんたは。あいつの結婚式なんか、断ればいいじゃないか)

櫂が考える通りにすれば、きっと真大は平穏でいられる。傷付かずにすむ。しかし、彼がそうしない理由に思い当たって、櫂は力なく首を振った。

(……あいつが来いと言ったから、あんたはそれに従うんだろう。俺にだって従順なあんただ。知也に——好きな奴に誘われたら、痛い思いをすると分かってても、あんたはきっと逆らわない)

知也の前で真大が見せていた、グラフィックのように作り込んだ美しい微笑み。二人で電話で話していた時の、知也に向けた真大の甘い声。いったいいつから、真大の中で知也は親友ではなくなったのだろう。

真大が密かに積み重ねてきた知也への想いは、出会ったその日に体を繋げた櫂との関係より、深くて重たい。冷静になって考えてみればすぐに分かる。櫂と知也は比べるまでもない。櫂は真大が、たまたま金を払って得た、誰でもよかった存在なのだ。

（偶然、あの雨の日に、俺が真大に声をかけただけだ。小学校の頃から一緒だと言ってた、知也と俺じゃ、真大と過ごした時間が違う——）

それなら、じゃあ、と、知也に勝る何かを焦って探す時点で、もう櫂の負けは見えている。知也と張り合っても、時間は真大と出会う前には巻き戻せない。

真大を手に入れたと思ったのに、あの喜びは束の間の出来事でしかなかった。砂のように指の隙間から溢れて落ちて、櫂の掌には何も残っていない。真大はけして、櫂のものにはならない。

「痛——」

締め付けるような痛みが胸を襲って、櫂は空のマグカップを倒しながら、テーブルに突っ伏した。

（真大。俺としたあのキスは、何だったんだよ）

『僕のもの』だと言って、櫂の唇を奪った真大。不器用でへたくそで、それでいて甘いあのキスは、一夜限りの情熱だった。達すれば満足する、薄っぺらいセックスの快楽と同じ。真大が本当に求めているのは、櫂ではなく、知也だ。

限りなく正解に近い仮説を立てて、ぎりぎりと櫂の心臓が苛まれる。いつからか櫂の中に生まれた、身を焦がすような独占欲。ぶつける先が一つしかない、真大の他に何も欲しくない、持て余すだけのこの感情は、恋そのものだった。

「嘘、だろ」

テーブルへと零れ落ちた声は、櫂自身の耳にも聞こえないほど小さい。

(真大のことが、好き、なのか)

簡単には認めたくなくて、櫂は突っ伏したまま髪をぐしゃぐしゃにかき混ぜた。嘘だ、冗談じゃない、と繰り返しても、自分の気持ちを消し去るそばから、真大の顔が思い浮かんでしまう。

しかし、閉じた瞼の裏側に映るそれは、いつもベッドの中で櫂が見てきた、真大の泣き顔だった。笑った顔を思い出そうとしても、彼が知也に見せた作り物の微笑みに邪魔されて、少しも思い出せない。

(俺は、あんたを泣かせたことの方が多かった)

金を払って男を買うほど、寂しい恋を抱えた男に、恋をしている。気付かなかった方がずっと楽な、不毛な想い。そんな恋は絶対にしないと、ドライに感情を切り捨ててきた。櫂は今までの自分を忘れて、真大に占められた胸の痛みに、苦しみ続けた。

11

マンションの部屋の姿見に、スーツ姿のシルエットが映っている。チャコールグレーの上着に無難なコントラストのネクタイを合わせて、櫂はそれを締めた。

(――最終面接が始まるのは二時。会食は五時から、か)

腕時計で時刻を確かめながら、何日も続いている雨のような、湿った溜息を吐《つ》く。

部屋のカレンダーには、連日就活先の企業名が書き込まれている。これから面接に向かう自動車メーカーは、例のエタノール・カーの共同開発にも参画している企業だ。入社試験を受けてみないか、という櫂へのオファーは、先方からあった。

(就職が目的でうちの大学に入ったんだから、当然だ)

待っていても面接官は大学まで来てくれるのに、それを断って、わざわざ企業まで出向いていく。この一週間ほど、櫂は多忙を理由に大学にも研究室にも顔を出していなかった。真大が訪れることの多いラボは、特に足を踏み入れていない。

今日から日曜日までの五日間、真大が不在だと櫂に知らせてきたのは、江藤だった。彼はわざわざ電話をかけてきて、真大がハワイに行くのは親友の結婚式に出席するためだと、ありがた迷惑にも教えてくれた。

（江藤の奴。余計なことをして）

当たってほしくないと思っていた予想が、やっぱり当たったことを確認させられるのは、とても不愉快だ。櫂は黒いコームを手にしながら、少しもセットの決まらない髪を、苛々といじった。

内心では、今日の面接も会食も、もうどうでもよくなっている。相手はトミタ自動車と肩を並べる規模の、国内最大手の自動車メーカーだというのに。内定確実のその会社よりも、櫂の心を奪っているのは、真大だった。

止まない雨が学園都市を覆い尽くしても、櫂は、焼け付くような砂漠の陽射しに肌を炙《あぶ》られている。

「……真大」

彼のことを思うと、体が渇く。パブロフの犬ならまだいい。条件反射で理由がつくなら、こんなに胸は、痛くならない。

（あいつに熱くなってどうする。惚れてる奴もいる、同じ男だぞ）

永遠に飲むことのできない砂漠の逃げ水のように、抱いても満たされないと分かっていながら、体が真大を欲しがっている。

今頃真大は、スーツケースに荷物を詰めて、渡航の準備をしているだろうか。知也のために、彼はハワイへ発《た》とうとしている。

（真大からは、何の連絡もない）

耀を買うために予約をする時は、真大はいつも前日にはメールを寄越してきた。今日はもう水曜日なのに、彼からは何も言ってこない。知也の結婚式のことで頭がいっぱいで、耀のことなど忘れてしまっているのかもしれない。

大学にも行かないほど真大を避けておいて、彼の方から連絡がほしいなんて勝手な話だ。自嘲的に舌打ちをしてみても、心も体も、うまく整理がつかない。

（あいつ、泣いてたくせに。——何が結婚式だ）

耀はコームを投げ捨てると、姿身の前から離れ、乱暴な手でデスクの引き出しを開けた。過去の実験データが入ったディスクを手でかき分けると、夥《おびただ》しい枚数の一万円札が出てくる。真大を抱くたびに増えていったそれを、耀は結局、一枚も使えなかった。

「トミタのセダンが何台買えるんだ」

金の重みでデスクの脚が軋んでいる。このまま真大との関係を続けたら、彼は何千万でも何億でも払うだろう。いったいどれほど残高があるのか分からない、銀行のキャッシュカードまで差し出したくらいだから。

（いくらあんたが金を払っても、俺は『室菱知也』じゃない）

代用品は代用品でしかない。知也にはなれないことを思い知って、虚しさが増すだけだ。

「——こんなもの、突っ返してやる。俺の方から終わらせてやる」

　耀はそう呟いて、カードと一万円札を全て残らずバッグに詰めた。

　今日の面接と会食を辞退する電話をかけて、バッグと車のキーを持って部屋を出る。ここから真大のマンションまでは数分とかからない。エンジンを吹かせた愛車が、強い雨をワイパーで弾いている。耀はしばらく幹線道路を走ってから、緑の植え込みが続く、洛央大の職員用マンションのアプローチへと車を進めた。

　今時警備員も常駐していない、年季の入った住まいだ。外来者用の駐車場に車を停めて、耀は真大の部屋を探した。

　コンクリートの通路に降り込む雨が、膨らんだバッグの縁を濡らしている。一階の角部屋に北岡という表札を見付けるなり、チャイムを押すのももどかしく、耀はノブを回した。

「真大。いるのか？」

　鍵のかかっていなかったドアは簡単に開いた。狭い玄関に置かれた真大の革靴。質素なインテリアが、この部屋と大学を往復するだけの真大のストイックな生活を思い浮かばせる。

「耀くん――？　どうしたの」

　部屋のソファから立ち上がって、真大は眼鏡の下の瞳をぱちぱち、と瞬《しばた》かせた。彼の傍らに詰めかけのスーツケースがある。たたんだワイシャツや華やかな慶事用のネクタイを見て、耀は口ごもった。

「あ……いや、ちょっと、寄っただけ」

勇んでここへ来たのに、部屋の入り口に立ったまま、足が竦んだように動かない。櫂の肩にバッグのベルトが食い込んで、重みを増していく。

「どうぞ座って。今日はスーツなんだね。もしかして、これから面接かな」

真大に言われて、初めて櫂は、スーツを着替えないままだったことを思い出した。

「しばらくラボに顔を出していないようだけれど、就活は進んでいますか？」

「そっちは、適当にやってる。うちの工学部は企業に人気があるから」

「君の場合は、先方からお誘いがくるほどだものね。櫂くん、何か飲みますか？」

「……いらない。あんたはこれから、空港まで行くのか」

「うん。もうすぐ知也が車で迎えに来てくれる」

何かがおかしい。不自然なほど真大の話し方はなめらかで、声もひどく明るかった。よく見ると、真大はあの作り物の微笑みを浮かべて、知也の結婚式を祝う親友の顔を作っている。ぞく、と櫂の背中を冷たいものが撫でた。目の前で演技をしている真大が、真大の仮面をかぶった別人に見える。

「あのさ——真大」

不意に、テーブルの上の白い便箋に気付いて、櫂は言葉を失《な》くした。

親友へ、で始まる披露宴のスピーチの文面。几帳面な真大の字で綴《つづ》られた祝福の言葉が、櫂の胸をナイフのように刺す。字はところどころ滲んで、真大がそれを泣きながら書いたことが想像できた。

（ふざけんな……っ）

一瞬のうちに怒りに包まれ、燿の体じゅうが火のように熱くなっていく。反射的に、燿は床へとバッグを叩き付けた。

「あんたはまだ、あいつの前で演じてやるのか？　そんなＣＧみたいな顔して、あいつに笑ってやるのかよ」

テーブルへと右手を伸ばし、便箋を掌に摑む。燿はそれを、字が読めなくなるほど小さく破り捨てた。

「燿くん――」

「あんたはどこまでバカなんだ。ウエディングドレス着た女と腕組んでるあいつに、あんたがおめでとうって言えんのかよ……っ」

知也のことだけを想っている真大に、何を言ってもきっと伝わらない。それが分かっていても、激しい苛立ちと、言い知れないもどかしさが燿の語気を荒くする。

「あんたのへたくそな演技は、もう見飽きてんだよ！　こんなスピーチをしたって、あんたはどうせまた泣くんだろうが！」

言葉ほど強くはない両腕で、燿は真大を抱き寄せた。彼に縋るようでみっともないと、冷静でいられるほど大人じゃない。自分は冷たい男だと信じていた燿を、真大は容易《たやす》く正反対の男へと変えてしまう。

「真大……っ、結婚式なんか行くなよ。ハワイになんか行くな――」

心臓が熱く脈打つ胸に、耀は真大を閉じ込めた。知也に渡したくない。真大を親友という名で奪っていく、あの男に渡したくない。

真大が好きだから。このまま自分のそばにいてほしい。

「……耀くん……」

真大の両手が、耀の着衣の背中を辿《たど》った。息をぐっと飲み込み、何かに耐えるように、彼は腕の中で震えている。耀も同じだった。

「破くなんて――ひどいよ。僕は何ヶ月もかかって、このスピーチを書いたのに」

鼻先をくすぐる柔らかい髪。甘い匂い。数秒の間に、耀は真大のそれに溺れていく。両腕に包んだ彼の全てが大切で、いとおしくて仕方ない。

（どうしてあんたのことを、簡単に抱けたんだろう）

このまま真大に触れていたい。自分以外の誰にも触れさせたくない。

（いったいいつ、あんたは俺の中に入り込んだ。――いつから俺は、真大をこんなに……）

女でも恋人でもない、同じ男を、離したくないと思うなんて。

真大を抱き締めるだけでは足りない。体だけ重ねても満たされない。耀は真大の心が欲しかった。真大にも自分を、好きになってほしかった。

（……あんたも、こんな想いを抱いているのか。自分の気持ちを押し隠して、知也の前で親友を演じて、綺麗な顔で微笑んでやるのかよ）

知也の代わりに過ぎない櫂に、このくるおしい想いは無用だ。真大を強く抱き締めることはできても、好きだと伝える権利はない。知也のためにハワイへ発とうとしている彼を、引き止める権利も。

ぎり、と櫂は奥歯を噛み締めた。半身をもぎ取るように、真大の二の腕を掴み、荒々しく彼を突き放す。

「限界――」

呟きと、櫂がバッグのジッパーを開けたのは同時だった。真大の目の前で、櫂はそれを逆さまにした。

「……櫂――くん」

真大の足元が、次々と落ちてくる一万円札で埋まっていく。バッグが空になった頃、フローリングの床は見えなくなった。

「あんたが俺に払った金。全部、返したからな」

「どうして……？」

真大の瞳が揺れている。一万円札の上にキャッシュカードを投げた櫂を、信じられないものを見たかのように、瞬きを繰り返している。

「もうあんたを抱かない。二人で会うのは、これで最後だ」

耀はこれ以上、演技を続けられなかった。真大に好きだと告げてしまう前に、玄関の方へと振り返る。

「耀くん！」

床に撒いた札を踏み締める音がする。乾いたその音が部屋に満ちた刹那、耀の背中に、勢いよく真大の体が抱き付いてきた。

「……真大……？」

「耀くん、耀くん……っ」

真大の細い指が、後ろから耀のスーツの胸を摑んだ。彼が名前を呼んだ声は、さっきまでの明るい声とはまったく違っていた。

耐えてきた糸がぷつりと切れたような、ヒビの入った堰《せき》がついに決壊してしまったような、そんな囁きが真大の唇から溢れ出す。

「耀くん——今日は、水曜日だよ」

両手が小刻みに揺れるほど強く、耀の服を握り締めて、真大は言った。

「あといくら払ったら、君を買えますか？　耀くんは、僕のものになりますか？」

彼の語尾は濁り、言葉になっていなかった。耳を澄まそうとした耀の脳裏も、霧のように白く濁って、真大の声がよく聞こえない。

「お金ならいくらでもあげるから、櫂くんを僕にください……っ」

遠くの方で泣き声が聞こえる。真大が泣いている。

「君を失いたくない。——行かないで。僕のそばにいてください」

「嘘……だろ？」

櫂の左胸が爆《は》ぜた。

その涙は知也のものだったはずだ。真大を何度抱いても、涙の一滴すら自分のものにはならない。そう信じていた。

「適当なこと言ってんじゃねぇよ……！」

抑えられない激情にかられて、櫂は一万円札の海へと真大を押し倒した。彼を黙らせるために、頬を叩こうと振り上げた右手が、潤んだ瞳を見た途端、行き場を失って宙を彷徨《さまよ》う。

「櫂くん、君を引き止めるためなら、僕は何を差し出してもいい」

真大の瞳から、涙が一筋零れた。透明なその雫が伝い落ちて、一万円札のインキに溶けていく。

「お金を払い続ければ、いつか君が、僕だけのものになってくれる気がしてた。君のことが欲しかったから、僕はずっと、君を買い続けていた」

「やめろよ。そんな嘘は、もういい」

「嘘じゃない……っ。からっぽな僕を救ってくれた君に、僕は魅《ひ》かれた。君に出会ったから、僕は知也と元の親友に戻りたいと思えるようになったんだ」

「ふざけるなよ。泣きながらスピーチを書く奴が、どうして親友に戻れる」

「あのスピーチは、僕のけじめだ」

「……何……」

「君と再会してから、僕の中で君はどんどん大きくなっていった。それなのに僕は、君に魅かれていく自分が怖かった。今のままの僕じゃ、駄目だって、思った。知也とちゃんと親友に戻って、それから君に、まっすぐに向き合いたかった」

しゃくり上げながら真大が綴る言葉が、閉ざしかけていた櫂の胸を揺さぶる。魅かれていたのは彼だけじゃない。真大に魅かれ、櫂は冷たい男でいられなくなった。真大に変えられていく自分に躊躇っていた。

「スピーチを考えながら、こんな形でしかけじめをつけられない僕は、意気地《いくじ》のない駄目な人間だって……そう思ったら、涙が止まらなかった」

「真大──」

「君は知也の代わりなんかじゃない。櫂くん、僕とキスをしてください。──君が欲しいんだ。君じゃなきゃ、僕は満たされない。君が今すぐ欲しい」

札の波間に埋もれながら、真大の手がそれを撫で混ぜた。金ごと自分を捧げると、まるでそう言っているかのように。

「……本気かよ。いいのかよ、真大……！」

真大の名前が、櫂の喉を突き破って迸《ほとばし》る。欲しい、欲しい、と、同じ想いがぶつかり合って、互いの他に何も見えない。櫂は畏《おそ》れるように両手を震わせ、頷きを返してきた真大の頬を包んだ。

「キスがしたいなら、黙って目を閉じろ！」

「櫂くん……っ」

「金なんか——もうとっくに必要ねぇんだよ！」

真大をかき抱き、櫂は涙で濡れた彼の唇を塞いだ。歯列の奥をかいくぐって、呼吸ごと口腔を自分の舌で奪い尽くす。

真大の髪も金もめちゃくちゃにして、櫂は弓なりに反ったその体を抱き締めた。キスの角度を変えながら、互いの舌を啜《すす》って、昂ぶってきた下肢を擦り合わせる。

「ああ……っ、櫂くん——。お願い……っ」

して、と、せり上げてくる真大のそこは、とうに沸騰しそうになっていた。獲物に喰らい付く獣のように、櫂は真大の首筋に顔を埋め、彼のシャツを引き千切った。

弾け飛んだボタンが床の上を転がり、キッチンのテーブルの下へと消えていく。

「櫂くん——、もう待ちたくない。早く、僕を君でいっぱいにして……っ」

真大の声が櫂の耳を覆い尽くし、それ以外の音声を遮断する。遠いどこかで、チャイムの

音が鳴った気がした。

真大を片腕で抱きながら、櫂は彼のベルトに指をかけた。真大の欲望を早く口に銜《くわ》えてやりたくて、手荒くバックルを外す。

「真大――真大」

疼《うず》くように囁いたその時、櫂は背中に風を感じた。開いたドアから雨の匂いが室内へ入り込む。後ろを振り向く間もなく、激しい痛みと衝撃が櫂を襲った。

「何をしている！」

髪を摑まれ、真大から引き剝《は》がされた櫂は、一万円札を蹴散らしながら床へと倒れ込んだ。

「櫂くん！」

床にしたたかに頭を打った櫂は、訳が分からないまま目を眩ませた。ぐらついた視界に仁王立ちしている男が映る。

「お前……、真大に何をした」

櫂が薄く瞳を開けると、滾《たぎ》るような憎悪を顔に浮かべた知也がそこにいた。

「俺の親友に何をしたと聞いてるんだ！　答えろ、蓮見！」

知也に胸倉を摑まれ、櫂はがくがくと揺さぶられた。彼の問いに答える気はなかった。答えなくても、知也が見たはずの光景が真実なのだから。

「研究所でお前たちを見てから、何かおかしいと思っていた。この間の電話の時も、真大と一緒にいたのはお前だな？　――お前は真大を慰み者にするつもりか！」

知也の拳《こぶし》が降ってくる。頑なに閉ざしていた櫂の唇が、重たい衝撃で裂けた。

「知也、やめて……っ！　違うんだ、知也！」

「離せ真大！　この金はいったい何だ！　説明しろ！」

床に散らばったたくさんの金は、真大との数ヶ月を物語っている。二人で重ねてきた、消せない秘密の証《あかし》だ。

「蓮見――お前、真大を脅迫でもしたのか！」

知也の言葉に、櫂の全身は凍り付いた。違う、と言い返そうとして口を噤む。血の味がするそこを噛み締めて、悔しさに震えながら櫂は両目を閉じた。

（本当のことなんか言えるか。俺たちの秘密がバレたら、真大はこいつの親友でいられなくなる。真大が必死で守ってきたものが、全部無駄になる）

沈黙を肯定と受け取ったのか、知也は怒りにまかせて櫂の脇腹を蹴り付けた。呼吸が止まり、骨を砕かれる嫌な音が辺りに響く。

「櫂くん――！」

「ぐ、う……っ」

「弁解もしないということは、俺の言うことを正しいと認めるんだな？」

痛んだあばらを庇い、僅かな酸素を吸いながら、櫂は知也の見当違いを笑った。

（親友のために、ここまでキレるか。それくらい、こいつにとっても、真大は大事だってことかよ）

たとえ真大の初恋が終わったとしても、彼と知也の繋がりが消えてしまった訳じゃない。自分には敵わない二人の絆《きずな》が、櫂はやるせなかった。

「何を笑ってる。お前のような腐った男に、親友をいいようにされるのは許せない」

知也に腕を取られ、無理矢理立たされた櫂は、痛みに喘ぎながら部屋の外へと引き摺り出された。

無抵抗を決め込んだ櫂を、知也の拳が何度も襲う。駐車場の水溜りが大きく跳ねて、汚れた水が、そこへ叩き伏せられた櫂の顔を汚した。

「もうやめて……っ、知也、知也！」

取りすがる真大の肩を、知也の両手が摑んでいる。雨粒の向こうの二人の姿を、櫂は水溜りに血を混じらせながら見た。知也から制裁を受けた体より、敗北感で心が痛んだ。

「真大、お前をここには置いておけない。大学を辞めて研究所に戻ろう。トミタでお前にしかできないエンジンを作るんだ。俺と一緒に、トミタをもっと大きくしていこう」

真大の唇が、魚がそうするように開いては閉じる。冷たい雨の下で、櫂の唇に、真大の熱い体温が蘇った。

「知也……と」

たった今まで真大と触れ合っていたのに。あの細い体を抱き締め、キスを交わしていたのに。真大は同じ唇で親友の名を呼んでいる。

「知也、僕——僕は」

「俺たちはずっと一緒だったろう？　真大、もう俺のそばを離れないでくれ」

「……知也……」

「大切な親友を傷付けられて、黙っていられる奴はいないよ。真大、俺はお前のことが心配なんだ」

涙か雨か分からないものが、真大の頬を流れ落ちていく。痛みに霞《かす》んだ櫂の目には、次第に俯いていく彼の顔が、知也に頷きを返しているように見えた。

（結局……そうなのかよ。泣くのを分かってて、あんたはそいつを取るのか。俺のものにはならないのか）

櫂と真大を、雨音が引き離す。水の飛礫《つぶて》に打ち砕かれて、櫂は立ち上がることもできなかった。

「……ちくしょう——、やってられねぇ！」

雨垂れの髪を振り払って、櫂は芽吹いたばかりの恋を手放した。ぼろぼろになってアスファルトに沈む、負け犬そのままに。

「——おい、室菱さん。そんなに真大が大事なら鎖に繋いどけよ。ペットみたいにかわいがってやったら、真大はあんたに一生しっぽを振るぜ？」

破れかぶれに、くくっ、と笑ってみせて、櫂は知也を見上げた。親友を守りたい一心の、あまりに正しく健全な彼には、きっとこの言葉の意味の半分も伝わらないだろう。

「下衆《げす》め。お前を訴えてやる。真大、この男が二度と近付けないようにしてやるからな」

諭すような知也の言葉に、俯いたままだった真大は、はっとして顔を上げた。

「——待って。知也。僕の話を聞いて」

「この男に脅されたか、金を騙《だま》し取られるところだったんだろう？　大丈夫だ。腕のいい弁護士を知ってる。お前は何も心配しなくていい」

「知也、違う、違うんだ……」

「違わねぇよ」

痛みに耐えながら、櫂は短く言い捨てた。裂けた唇から血がとめどなく流れている。体じゅうの骨と肉が軋んで、声を出すのがやっとだった。

「俺たちが金で繋がってたのは、本当だろ」

「櫂くん……っ！」

水溜りを踏んだ真大の両足は、靴もスリッパも履いていなかった。ずぶ濡れの彼の両腕が自分の方へと伸びてくるのを、櫂は幻か何かのように思った。

「……真大……」

真大の腕に包まれて、雨に消されてしまいそうな甘い香りに酔う。けっして手に入らないと思っていた温もり。もしこれが最後の抱擁になるなら、真大の泣き顔だけは見たくない。

「耀くん――耀くん、僕……知也に本当のことを」

言いかけた真大の唇に、耀は曲がったままの人差し指をあて、片目を瞑《つぶ》った。二人で重ねた秘密は、秘密のままで隠しておくべきだ。これ以上真大が傷付かずにいるために。

「黙ってろ。バカ正直なだけが、いいってもんじゃねぇんだよ」

「耀くん、君……っ」

耀の意図に気付いて、真大は弾けたようにかぶりを振った。

「駄目だっ、耀くん、駄目！」

泣きながら訴える彼の髪を、耀は無言で撫でた。指先に触れる髪の一本までいとおしい。

（あんたは俺が守ってやる）

冷たい男が、たった一度だけ堕《お》ちた恋の代償に、二人で秘密を分け合う。ただそれだけで、耀はこの恋が報われる思いがした。

「真大、その男から離れろ」

「いや……っ、いやだ……」

耀の首にしがみ付いて、真大は叫んだ。

「君を病院に連れて行く！　知也！　救急車を呼んで……っ！」

「余計な真似すんじゃねぇよ」

わざと声を凄《すご》ませて、耀は真大の髪を鷲掴んだ。悪役を演じるのは簡単だ。真大のことを好きだと気付く前の、傲慢《ごうまん》だった態度を繰り返せばいい。

「どうして——耀くん」

「聞くな」

「……耀くん、君は……君は、ずるい人だ。自分一人が傷付けばいいと思ってる」

微かに震える指先から、真大の髪が零れ落ちていく。決意が揺るがないうちに、耀は口中の血を飲み込んだ。秘密を明かさないまま、真大を知也に返す。二度と会わずにいられる場所へ、ここではないもっと遠くへ、二人で消えていなくなってほしい。

「トロくせぇな、室菱さん。早く真大を、ハワイでもどこにでも連れて行けよ。あんたの目の前でこいつを裸にして、ズタボロにしてやってもいいんだぜ」

耀は唇で真大の耳朶《みみたぶ》を噛んだ。雨を受けても熱いそこに、いつまでも触れていたかった。

「蓮見、お前……！」

「エリートのあんたと違って、こっちは実験ばっかでストレス溜《た》まってんだよ。まっさらなウサギみたいな奴が、目の前をちょろちょろしてりゃ、男だって分かっててもぶっ壊してみたくなんだよ！」

怒りでドス黒く染まった知也の顔が、耀の視界から消えた。真大の胸に強く抱き寄せられた瞬間、不意に雨が止んだ気がした。

「もういい。――いいんだ。耀くん」

頭上から真大の声が降ってくる。雨の代わりに耀の耳元へ届いたそれは、強く揺るぎない響きを持っていた。

「知也、この人を訴えるなら、僕も同罪だ」

真大はゆっくりと知也の方を向いた。耀は映画のスクリーンを眺めるように、現実感のないその光景を仰ぎ見た。

「あのお金は、僕が耀くんに渡したものだ。脅迫なんかされていない」

知也は不審そうに眉を顰《ひそ》めた。

赤く腫れた唇で、耀は呟いた。

「駄目……だ、真大――」

「知也――僕は」

「言うな！」

耀は真大の告白を阻もうとした。しかし、傷付いた体では、彼を止めることができなかった。

「僕は、耀くんを買ったんだ」

空に立ち込めた黒雲が、さながら世界の終わりを告げている。ばしゃん、と水音を鳴らして、知也はアスファルトを踏み締めた。

「買っ……た?」

「真大、やめろ。室菱さん、あんたも真に受けるなよ!」

　櫂の叫びを、真大は知也から視線を逸《そ》らさないことで打ち消した。

「——知也。お金と引き換えに、櫂くんは僕を抱いてくれた。さっき……知也が見たことを、何度も僕たちは繰り返した。ねだるのはいつも僕の方だよ。櫂くんは、僕の望みを叶《かな》えてくれただけ」

　真大の告白を受け止め切れずに、知也は片手を持ち上げ、神経質そうに髪を掻《か》き毟《むし》った。

「嘘だ。お前がそんなこと——。嘘だと言ってくれ、真大」

　櫂もそう言ってほしかった。そうしてくれなければ、このまま真大を手放せなくなってしまう。

「櫂くん」

　振り返った真大の顔が、作り物じゃない微笑みを浮かべて近付いてくる。血まみれの櫂の唇に、柔らかい真大の唇が重なった。

「真大——」

　雨音も風景も、知也が真大を呼んだ声も、何もかも櫂の周りから失われた。真大に触れた唇だけが、熱を持って息づいている。

（……このまま、死んでしまってもいい）

無言の時が短く流れた。夢のようなキスを解いて、真大は、す、と空気を吸い込む。

「これが本当の僕。櫂くんが教えてくれた」

「違う――。お前は騙されてるんだ。俺が知っているお前は……っ」

「知也。親友の言うことが信じられないの？」

凛《りん》とした真大の声が、知也に次の言葉を言わせなかった。櫂は真大の腕に誘われるまま、彼に体を預けて、静かに鼓動を繰り返す胸へと凭れた。

「……知也、早く行かないと、ハワイ行きの飛行機に乗り遅れるよ」

「真大……」

「結婚式に出られなくて、ごめん。僕は洛央大で研究を続ける。トミタには戻らない」

「――その男のそばにいる気か」

「うん。僕はここにいる。櫂くんと離れたくない」

「俺がこんなに、お前のことを心配してもか？」

「知也、僕が今一番心配なのは、櫂くんの体の具合だ。これ以上彼を傷付けるのなら、僕は君と親友ではいられない」

知也の頬が強張り、だんだんと色を失くしていく。

「話にならないよ、真大……。でも、お前を失うことになるなんて、俺には考えられない」

知也が真大に向けた瞳は、親友を思う気持ちと、傷心とが混ざった、複雑な感情で揺らいでいた。無言で視線を交わした後で、ふらりと、知也は踵を返して歩き出した。自分の車を目指す彼の姿を、雨の飛沫が見えなくする。

知也の運転するセダンが駐車場から去ると、しばらくして、灰色のマンション群の彼方《かなた》からサイレンの音が聞こえてきた。救急車の赤い点滅灯が静かな住宅街を騒がせている。

「……救急車、知也が報せてくれたみたいだね」

「情けでもかけたつもりか」

ぎゅ、と力を込めて、真大は櫂の頭を抱き寄せた。

「彼はとても温厚な人なんだよ。本当は」

「……あんたのためだから、キレたんだろ。親友――だもんな」

低く呻《うめ》いて、櫂は身じろぎをした。知也に殴られ、蹴られた場所が、激痛とともに意識を根こそぎ奪っていく。

「あいつを追い駆けなくていいのか」

「大丈夫だよ。親友だから、ケンカをしても元に戻れる」

ブレーキ音とともに、救急車のサイレンが鳴り止んだ。降りしきる雨音に真大の声が重なっていく。

「櫂くん、君が好き。――大好き」

途切れかけた意識に届いた、幻聴だと櫂は思った。首を振ろうにも、もう指一本動かせない。

「真大……嘘はもう、やめろよ」

「僕を庇って血だらけになった人に、嘘なんかつかない」

「——真大」

「櫂くん、僕は最初から気付いていたよ。君が誰よりも優しい人だって。人が人を好きになるのに、時間は関係ないんだ」

救急隊員たちが駆けてくる。ストレッチャーを運ぶ彼らの姿が、閉ざした櫂の瞼の向こうにかき消えた。

「今、あんたが言ったことが夢なら、このまま起きない」

「櫂くん」

「もう一回、好きって言えよ」

「君のことが好き——」

「……やっぱり夢だ。寝言なら、言える」

ふ、と雨に濡れた体が軽くなった。気を失うその一瞬に、櫂は想いの全てを打ち明けた。

「真大。あんたが好きだ。愛してる」

12

『いつもの時間に、あの部屋で待っています』

昼過ぎに届いていたメールを読み返して、櫂は微笑した。真大からの予約だ。レイモンドホテルのエントランスの明かりが、久々にこの場所を訪れた櫂を出迎える。

肋骨《ろっこつ》の骨折と打撲の治療で入院している間に、季節は蟬《せみ》が鳴く夏になった。大学に入院の届けを出す時、理由を何にしようか少し困ったが、バイト先でたちの悪い酔っ払いに絡まれた、と、もっともらしいことを書類に書いた。

あの日、知也とのいざこざを誰にも目撃されなかったのは幸いだった。真大のマンションは大学の関係者しか住んでいないから、もし見られていたら大問題になるところだ。入院費は知也が謝罪として払ったが、櫂は今でも、断った方がよかったと思っている。その程度の意地は見せてやりたかったのに、真大が責任を感じて何度も謝るから、櫂も彼のために渋々入院費を受け取るしかなかった。

櫂の折れた肋骨が順調に治ったのは、真大が二日と空けずに見舞いに来てくれたからに違いない。病室のベッドのそばに彼がいて、他愛のない会話をしているだけで、体じゅうの痛みが癒されていった。

夏になる前は、就活に励んでいたことが、もう遠く懐かしい。進路を洛央大工学部博士課程へ変更した櫂は、来年一月にある大学院入試に向けて準備を進めている。企業への就職をやめたのは、真大と一緒に、エタノール燃料の研究を続けるためだ。進路を急に変えた理由はいくつかあったが、最もシンプルな、真大のそばにいたいという自分の気持ちに正直でいることにした。

チェックインで混んでいるフロントを素通りし、櫂はエレベーターで十一階のフロアへ上がった。何度も歩いた1150号室までの通路が、今日はひときわ磨かれて見える。リズムを上げていく心音を、櫂は止めようもなかった。

「櫂くん……っ」

部屋のドアが開くなり、待ちきれない、とばかりに真大が抱き付いてくる。水曜日が来るたびにここで会っていた頃よりも、情熱的な抱擁だった。

「真大。あんまり強くすると、また骨が折れるぞ」

オートロックのドアに頑丈なチェーンをして、櫂は真大を見下ろした。清潔な白いバスローブと立ち昇るソープの香り。真大の顔は小麦色に焼けている。

「沖縄、どうだった。うちの農場広かったろ」

「うん。見渡す限りサトウキビ畑だった。作りたての黒砂糖、お土産にもらってきたよ」

櫂の退院と入れ違いに、真大はバイオマス研究室の有志と沖縄へ出掛けていた。サトウキビの契約農場で植生実習をしていたのだ。

「櫂くん、僕、沖縄ですごい発見をしたんだ」

「すごい発見？」

農場に洛央大ほどの実験施設はないはずだが。不思議に思っている櫂の胸元で、真大はくす、と微笑んだ。

「前に君は、知也のことをガソリンだと言っていたね――」

「ああ、言ったな。確か」

「その理論でいくと、君はサトウキビだ」

「何それ」

サトウキビが真大の背丈を超えて、高く葉茎を伸ばすからだろうか。意味不明なことを言っている彼と手を繋ぎ、櫂は夜景を映す窓辺のベッドへと歩いた。

「なんかよく分かんないけど、あいつの話なんかして俺を嫉妬させたいのか？」

「ううん、違うよ」

ハワイで挙式をした知也から、真大宛てに葉書が届いたと聞いた。二人の仲直りはゆっくりと進んでいるらしい。自分はおもしろくなくても、真大が知也と親友を続けたいなら、独占欲を少しは抑えてやってもいい。櫂はそう思う。

「櫂くん。ガソリンの元である石油は、いつかなくなってしまうかもしれないけれど、植物のサトウキビは、けしてなくならないんだ」

　耀はサトウキビ農場の風景を思い浮かべた。南国の太陽と土と水で育つその植物は、砂糖とエタノールを生む資源だ。そう遠くない未来、ガソリンを凌駕《りょうが》して、サトウキビは世界中で自動車を走らせているかもしれない。

　ああ、と耀は嘆息した。

「俺は涸れない燃料、か。あんたの言うことは、当たってなくもないかな」

「ね。大発見だよ」

　そう言って、溶けそうに微笑む真大が、無邪気に誘惑してくる。耀はもうお預けに我慢ができなくなって、真大をベッドにそっと横たえた。

「じゃあ論文に纏《まと》めといてよ、北岡教授。――日焼けしたあんたを、たくさん抱いた後でさ」

「耀くん」

「病院でナースのおねえさんのナンパに耐えたんだぞ。ご褒美に、早くあんたをくれよ」

　真大のこめかみに唇を寄せ、そこに一つ、頬にもう一つ、耀はキスをした。そして口付けと呼ぶ方が似合う深いキスで、欲しくてたまらなかった真大の唇を奪う。

「ん……っ」

　真大を好きになって、一番に変わったのは、こうしてキスを交わすことだった。出会った頃は触れ合うことのなかった二人の唇は、今は熱い愛撫への最短の切符だ。

濡れた吐息を間近に感じながら、燿は真大の口腔へと舌を差し入れた。何度キスをしても拙《つたな》い、不器用な真大の震えがかわいい。巧《うま》いキスの仕方を教える余裕は、燿にもなかった。

「燿くん……、体、大丈夫――？」

「俺のことより自分の心配してろ。明日は多分、あんたは寝込んで動けないよ」

「え……っ」

水に溶いた絵の具のように、真大の頬の赤みが体じゅうに広がっていく。真大を欲しがる気持ちが抑えられなくて、燿は手早く服を脱いだ。Tシャツとジーンズをベッドの下に放って、俊敏な獣のように真大に覆い被《かぶ》さる。

「んっ――、んう……っ」

もう一度キスを交わしながら、腰紐《こしひも》を解いたバスローブの下で、頭を擡《もた》げていた真大の中心に掌を添える。今更恥ずかしがって、彼は膝を閉じようとした。

「見せなよ。俺を欲しがってるとこ」

燿は両手で真大の膝を摑んだ。彼の羞恥をわざと煽《あお》って、屈曲させたまま割り開く。

「……あ……っ、あっ」

「いい声、もっと聞かせろ」

燿は呟き、理性を手放しそうになっている真大のそこを口に含んだ。

「んっ、や……っ、ああ――」

彼の声は高く、鼻にかかって甘く響く。いつまでも聞いていたい声だ。真大を悦《よろこ》ばせたくて仕方ない。舌の上で跳ねる素直なそこを、櫂は丹念に舌で舐め、そして吸った。

「は……っ、はぁっ、あ、んっ、……いい……っ」

知り尽くした真大の弱い場所を、櫂は丹念に舌で舐め、唇を窄《すぼ》めて溺愛《できあい》する。

「もういくのか？　我慢できない？」

「う、ううん。僕、も、……櫂くんに、してあげたい」

櫂の黒髪を、ぎゅ、と握り締めて、真大はねだった。甘い声で自分を呼ぶ唇に、奉仕をさせるなんて。そんなことが許されるのか、と櫂の頭が躊躇《ちゅうちょ》するより先に、体の方が誘惑に勝てなくて屹立していく。

櫂は浅く呼吸をすると、長い足が真大の頭の方へくるように体をずらした。

「できるか？　すごく、大きくなってるけど」

真大の視線を感じて、櫂のそこがますます猛《たけ》っていく。こく、と、腰の辺りで真大が唾を飲み込む音がした。

「櫂くん――」

たどたどしい指に繋みをなぞられ、櫂は息を詰めた。真大の吐息が張り詰めた先端を刺激する。温かい彼の口中に迎えられて、櫂の目の前が白く霞んだ。

「ん……っ」

初めて味わう、真大の濡れた喉奥。とてもいけないことをしているような、背徳的な行為に体が奮える。

「う……、んくっ、んっ……」

櫂を気持ちよくさせたいという、真大の一途《いちず》な想いが舌や唇から伝わってきて、櫂は瞬く間に達してしまいそうになった。

「真大、そんなに強く、吸うなよ」

「んんっ、んっ」

「加減を知らないだろ。……口の中に出しちまう」

熱い舌に絡み付かれ、真大に吸われるごとに耐えられなくなる衝動を、櫂は短い命令で押さえ込んだ。

「俺に跨《また》がれ」

真大が全身を波打たせる。櫂は彼の左足を抱え上げ、するりとその下へ潜り込んだ。

「恥ずかしい——こんな」

頭を互い違いにして、二人の体が重なり合う。背中をシーツにつけた櫂の脇で、膝立ちになった真大の足が戦慄《わなな》いていた。

「あんたの全部をかわいがりたい。ほら、腰を落として、キスをさせろよ」

逃げようとする腰を摑んで、櫂は真大の腿《もも》の裏側を唇で辿った。円い双丘との境を吸い上げ、真大には見えない場所に足跡を残す。

「あぁっ、んっ、んぅっ」

櫂は窄まった真大の秘所へ恭《うやうや》しくキスをした。舌先で優しく愛してから、ジェルを指にたっぷりと纏わせ、解きほぐすようにそこへ埋めていく。

指が蕩け落ちそうなほど熱い、真大の中。くちゅっ、と櫂が水音を鳴らすたび、柔らかな粘膜の壁が、指に応えて打ち震える。

「あぁ……っ！　あぁ……ん……！」

口淫を続けられなくなった真大は、唇を櫂の屹立から離して嬌声を上げた。振り乱した彼の髪が、櫂の腿や腹を甘やかに撫でる。

「櫂くん……僕、もう、我慢できない……っ」

ストレートな彼の願いが、ベッドの軋みとなって櫂を突き動かした。膝も肘《ひじ》も、体を支えるものを全て失った真大を、シーツの上に仰向《あおむ》けにする。

「好きだよ、真大――」

何度想いを告げても、そのたびに新しいいとおしさが湧いてくる。熟《う》れきった秘所に屹立をあてがい、自分の体温を溶かし込むようにして、櫂は真大の体を貫いた。

「あぁ……、んぅ……っ、あぁっ、あっ」

最奥まで自身を沈め、しなやかな真大の腰を揺さぶる。何もかも混ざり合った恋人の温度に、あっという間にのめり込んでいく。

「櫂くん……、櫂……っ、――櫂」

背中に両腕を回し、抱き返してくる真大が、櫂には宝物に見えた。優しく、深く、櫂はいたわるような律動を繰り返す。

「櫂――」

呼び声に涙が混じったのを、櫂は雨のように降らせたキスであやした。真大を泣かせたくないのに、何故。溢れる雫を唇で掬《すく》いながら、櫂は一つに溶けた真大の体を抱き締める。

「真大。ずっと思ってた。あんたはどうして、いつも泣くの」

「……ごめん。はじめ、は、君を買うことに、罪悪感を、持ってた。君の優しさにつけ込んでいることが、申し訳なくて」

たどたどしい言葉で、真大はそう打ち明ける。櫂は優しいキスを止めずに、彼の言葉の続きを促した。

「バカだな。あんたは素直に、俺に抱かれてただ楽しめばよかったんだ」

「――ううん。だんだん、櫂くんを好きになっていくごとに、お金を払う僕のことを、好きになってはもらえないって、思った」

「真大……」

「抱かれている間だけ、僕は恋人みたいに、君といられた。水曜日だけの、二時間の恋人。

君を全部手に入れたいのに、そうすることはできなかったから、やっぱり僕は、寂しくて、悲しかった」

今初めて知った、彼が抱き続けていた本当の気持ち。実験のどんな変化も見過ごさないはずの櫂の目が、真大だけは見誤った。真大が自分に恋をしていたなんて、都合のいい仮説は立てられなかった。これからゆっくりと、二人でそれを実証していけたらいい。

「今は。この涙は、何」

「今、は、嬉しくて、胸が、いっぱい、だから。櫂くんが、僕を好きになってくれた。本当に僕のものに、なって、くれた」

真大の涙を吸った櫂の唇に、彼の唇が触れてくる。これは悲しい涙ではない、と、熱いキスが教えてくれる。櫂の胸もまた、いっぱいだった。真大を想う気持ちで満ちている。

「大好き……。君が大好きだよ」

同じ恋心に潤んだ真大の瞳に、櫂の顔が映り込んだ。それがくにゃりと歪み、蕩けるような微笑みとともに瞼の奥へと消えていく。もう真大に、二度と悲しい涙は流させない。誓いを立てるように、彼を抱き締めた両腕に力を込める。

「櫂くん。永遠に涸れないで、僕のそばにいて」

うわ言のように囁いた真大の唇に、櫂は深い深いキスをした。シーツに散った彼の髪が、幸せそうな円を描いている。

「ずっとあんたのそばにいてやる。俺が真大を走らせてやるよ」

「うん――」

「だからあんたも離れるな。――ずっと、俺の恋人でいてくれ」

頷いた真大の頬に、櫂は自分の頬を擦り付けた。終わることのない抱擁に二人で溺れていく。

ザザ、と櫂の耳元で、サトウキビ畑を渡る夏の風音が聞こえた。

END

わがままな恋の答え

1

洛央《らくおう》大学研究学園都市に隣接する繁華街には、学生と大学関係者が贔屓《ひいき》にしている居酒屋が、何軒もある。この『常陸乃庄《ひたちのしょう》』は工学部バイオマス研究室の御用達の店で、安くておいしくて騒げる、飲み会の一次会にはもってこいの場所だ。

「みんなビール行き渡ったー？」

「飲めない奴は言ってー。──北岡《きたおか》先生もウーロン茶にしときます？」

「いえ、僕もビールをお願いします」

自動車メーカーの研究所に引きこもって、エンジンの開発ばかりしてきた真大《まひろ》には、学生たちが主催する無礼講の飲み会は、何度参加しても楽しい。今日は激励会という名の新年会で、大学が冬休み中にもかかわらず、ラボで年を越した学生たちがたくさん集まっている。

真大も監督者として、帰省をせずにそれに付き合った一人だ。

「こほん。えー、今日は大学院入試を控えた先輩方の激励会ということで、あんまり飲ませ過ぎないように、ほどほどに盛り上がりましょう。泉川《いずみかわ》先輩、蓮見《はすみ》先輩の合格を願って、かんぱーい！」

「乾杯ー！」

幹事のユーモラスな音頭をくすっ、と笑いながら、真大は同じテーブルを囲んでいる四年生たちと、ビールグラスを触れ合わせた。

「応援していますよ、泉川さん。試験までしっかり体調管理をして、がんばってくださいね」

「はいっ。私絶対に受かって、北岡先生の助手になりますからっ」

「楽しみにしています。——蓮見くんも、君の実力が発揮できることを祈っています」

そう言って、真大がグラスを持った手を伸ばすと、斜め向かいに座っていた櫂《かい》は、長い指で気だるそうにグラスを持ち上げた。

「ここで試験問題をリークしてもらえたら、一発で通る自信ありますけど？」

「不正はいけません。正々堂々と試験に臨んでください」

「分かってますよ。北岡教授はお堅いな」

櫂のグラスが、真大の手元に、かち、と淡いキスのように触れてくる。二人にしか分からない流し目を寄越されて、まだビールを一口しか飲んでいないのに、真大は顔が真っ赤になった。

（いけない。みんなに変に思われてしまう）

恥ずかしさをごまかすために、グラスで顔を隠しても、どきどきと鳴る胸はどうしようもない。同じ研究室に所属する、六歳も年下の櫂に、真大は恋をしているのだ。

「かわいい〜〜、先生、赤くなってますよ？　もう酔っちゃったんですか？」

「ち、違いますよ、これは」

「北岡先生、今夜は俺の胸を貸しますから、いっくらでも潰《つぶ》れてくださいっ」

江藤《えとう》という陽気な四年生が、テーブルの向こうから、両腕を広げて真大を呼んでいる。すると、櫂は余り物の座布団を江藤の胸に抱かせて、彼のグラスにビールならぬ焼酎をなみなみと注いだ。

「潰れるのはお前だ。教授はこの後、他の学部の教授と会合があるんだ。長居させるな」

「ちぇーっ。たまには俺たちも北岡先生とゆっくり飲みたいなー」

「すみません、江藤くん。泉川さんと蓮見くんの合格祝いをする時は、三次会までちゃんと付き合いますから」

絶対ですよ、と念を押す江藤に、真大は頷《うなず》きながら、心の中でもう一度謝った。

本当は今夜も三次会まで付き合える。しかし、真大がスケジュールを朝まで空けてある目的は、他学部の教授陣との会合ではなかった。

「——それでは、僕はお先に。おやすみなさい」

一次会の途中で、幹事にこっそりと会計を済ませたことを伝えて、真大は居酒屋を出た。

一月の午後八時過ぎの屋外は、コートにマフラーという姿でも凍えるほど寒い。ただ、この繁華街は地方都市ということもあって、ネオンサインが賑《にぎ》やかに照っていても、頭上には綺麗《きれい》な星空が広がっている。

居酒屋のある通りから十分ほど歩いて、真大は瀟洒《しょうしゃ》なナイトビルへと入った。エレベーターに揺られて着いた先は、『embellir《アンベリール》』という高級なバー。これまでに何度か足を運んでいるが、一人きりで入るのは初めてで、真大は少し緊張した。

「いらっしゃいませ。お待ちしておりました」

名前も、予約の有無も告げなくても、真大の顔を覚えている支配人が、窓際の景色のいい席に案内してくれる。

「お飲み物はいかがなさいますか？」

「待ち合わせをしているので、後で結構です」

「かしこまりました」

一礼する支配人にコートを預けた真大は、ゆったりとしたソファに腰を落ち着けて、さっきまでいた居酒屋の喧騒《けんそう》を思い出した。

（耀くんは、みんながいる時は、相変わらず僕の相手はあまりしてくれないな）

あの店の座敷を離れる時に、耀の方を見てみたら、彼は真大と目を合わせることもなく、周囲の女の子たちと談笑していた。彼が異性に人気があるのは、ラボや研究室で見慣れた光景だとしても、真大の胸はいつもちりちりしてしまう。

耀はとても優秀な学生で、常に自分に自信があって、いつ見ても颯爽《さっそう》としている。真面目《まじめ》で頭脳明晰《めいせき》な学生は洛央大にたくさんいるが、彼には他の学生にはない、独特の華があるのだ。

（背も高いし、足も長いし、あの野性的で男らしい顔……。一見冷たそうで、本当は情が深くて面倒見がいいところも、女の子たちが放っておかない理由だろうな）

男性的な色香を隠さない外見と、学内で目立つほどもてているやっかみか、時折、櫂が派手に遊んでいるという噂も耳に入ったりするが、それは嘘だ。彼ほど誠実で、真実の優しさを持った人に、真大はこれまで出会ったことがなかった。

櫂を好きになり、彼と秘密の恋人どうしになって、もう半年。その前の体を重ねた期間も含めたら、一年近くも付き合っているというのに、真大はまだ、櫂のことを思うたび胸をときめかせている。

櫂との恋に慣れることなんて、この先もきっとないだろう。一年前、長かった初めての恋が終わった時、心をからっぽにしていた真大を、櫂は救ってくれた。最初の関係は金銭で繫《つな》がった悲しいもので、それ故《ゆえ》に櫂を苦しめ、時にひどく追い詰めもした。

（……でも、櫂くんはずっと僕を見ていてくれた。お金と引き換えに彼を買った、情けない僕を、体だけじゃなく心まで満たしてくれた。彼に魅《ひ》かれずにはいられなかった）

人が人を好きになることに、時間は関係ないのだと、真大は櫂に出会って気付いた。何年も時間を積み重ねた親友への初恋と、嵐のように身も心も揉《も》みくちゃになった櫂への恋。櫂と体を重ね、彼のことを深く知るほどに、真大の中で、親友への想いは失恋から元の友情へと戻っていった。

　あんなに親友のことが好きだったのに、燿に心変わりをしたようで、自分を軽薄だと思ったこともある。しかし、何度踏み留《とど》まろうとしても無駄だった。一度燿に魅了された心は、二度と元には戻らない。どんどん燿のことが好きになっていく自分が、怖いくらいに。

「――いらっしゃいませ」

　バーの入り口の方から、支配人の声が微《かす》かに聞こえて、真大は、はっとした。音楽の流れるフロアを横切ってくる、モデルのようなその客に、つい見惚《みと》れてしまう。

「待った？」

「燿くん……」

　長めの髪をかき上げながら、燿は真大の席までやってきて、魅力的な唇に笑みを浮かべた。

「他の連中が二次会に移動してる間に、やっと抜け出せたよ。――支配人、ダージリン・クーラーを二つ。片方はリキュールを少なめで」

「かしこまりました。何なら、自分で作るか？」

「冗談言って。俺は今日は客ですよ」

　支配人と軽口を交わしながら、燿が真大の隣に腰掛ける。この店は彼のバイト先だ。四年生になってからは、ラボが忙しくなった上に、進路を就職から博士課程志望に切り替えたこともあって、得意のシェーカーを振る機会がめっきり減ったらしい。

以前見た、櫂のバーテンダーの衣装は、長身の彼にとてもよく似合っていた。優秀な学生なのに、夜の街にも容易《たやす》く溶け込める彼は、見ていて飽きることがない。

「君があの立派なカウンターに立っているところ、見たいな」

「ふうん？　じゃあ、あんたをここで一人にさせていいの？」

「それは嫌だけれど——」

と言葉を濁す真大を、櫂は笑った。

「院に受かったら、春休み中はバイトのシフトを入れようと思ってる。その時にまた来いよ」

「うん。そうする」

真大が素直に頷くと、櫂も頷いて、そっと膝の上に手を載せてきた。テーブルの下で周りから見えないのをいいことに、不埒《ふらち》な彼の指先が、スラックス越しの真大の肌をくすぐる。

「駄目だよ、櫂くん。いたずらをしたら」

「……感じるから？」

「うん——」

密会と呼ぶには互いの眼差《まなざ》しが甘過ぎる、二人きりのデート。時間をずらして研究室の飲み会を抜け出すなんて、悪いことをしている気分がして、真大は妙に興奮した。

「お待たせいたしました。ダージリン・クーラーでございます」

櫂がオーダーしたカクテルは綺麗な褐色のグラデーションで、ストローで好みに混ぜて飲めるようになっている。真大は大好きな紅茶の香りのするそれを、一口飲んだ。

「おいしいね、これ。僕でも酔わずに飲めそう」

「そうやって油断させて潰すカクテルだ。俺以外の奴と飲むなよ」

「どうして？」

「あんた結構鈍いよな。隣からも後ろからも、誘いたそうに見られてるの、気付かない？」

真大はちらりと周囲を窺《うかが》って、客たちの視線が誰に向かっているか確かめると、櫂に耳打ちをした。

「みんな君のことを見ているんだよ」

「……ほんと、鈍い奴。その方が助かるけど」

溜息《ためいき》混じりに呟《つぶや》いて、櫂は店のサービスで出されたドライフルーツを齧《かじ》った。

「さっきの一次会、あんた全額出しただろ。ごちそうさま。お礼に今度、俺と泉川で昼メシを奢《おご》るよ」

「気を遣わなくていいのに。畑野《はたの》先生も、飲み会のたびに軍資金を出しているようだったから、僕もそうしようと思って」

「あんまり研究室の連中を甘やかせるな。あんたのファンがこれ以上増えたら困る」

「そんなこと……。君だって、女の子たちに囲まれて、楽しそうにしてた」

「気にしてたの？」

「べ、別にっ。もっとみんなと飲んでいてもよかったのに。君が途中で抜けてきたら、あの女の子たちも寂しがると思うな」

焼きもちを精一杯隠しながら、真大は上目遣いをしてそう言った。すると、何もかも見透かす耀の瞳が、すうっ、と真大へと近付いてきて、重なるほど近い場所で瞬《まばた》きをする。

「真大。焼きもちを焼く時は、『一分も君のことを待っていられなかった』って正直に言え」

「耀くん――」

「そっちの方が俺の機嫌がよくなるよ」

「……もう。君は本当に、僕よりも年下なの？」

これではどちらが年上か分からない。人を翻弄《ほんろう》することが得意な耀は、真大を簡単に酔わせて、ますます好きにさせてしまうのだ。

「君がそんなことを言うなら、僕も正直に言うよ。耀くんのこと、一秒も待っていられなかった」

「一秒かよ。――喜ばせ過ぎだ」

くっくっ、と喉で笑う姿が、先月二十二歳になったばかりとは思えないくらい、大人びている。真大は赤くなって仕方ない頬《ほお》を少しでも落ち着かせるために、冷たいカクテルを勢いよくストローで吸い込んだ。

「君は気の利いた台詞《せりふ》も上手《じょうず》だけど、嘘も上手だね。僕が一次会を抜けやすいように、他の先生との会合だって言ってくれた」

「あれは半分本当の話だろ。畑野教授に聞いたよ。あんたが農学部の植物育種工学研究室と組んで、エタノールを大量精製できるサトウキビを作るって」

「あ、まだオフレコだったのに。畑野先生は君には何でも話しちゃうんだね」

真大の直接の上司にあたる、環境化学科の畑野筆頭教授は、研究室生の中で櫂に一番目をかけている。畑野教授は櫂が大学に残ることを強く希望していて、彼が大学院入試を受けると報告した時には、手を叩《たた》いて喜んでいた。

「今沖縄の農場で栽培しているサトウキビの一部を、バイテクで品種改良する計画なんだ。僕はこの研究の工程で使用するテスト機器と、シミュレーションプログラムの開発が主な担当なんだけど、エタノールの安定供給を目指したおもしろいプロジェクトになるはずだよ」

「研究の話になると、いつも楽しそうだな、あんたは」

「そ、そうかな。今回の研究は他大学のチームも合同だし、スポンサー企業もついてくれているんだ。冬休みが明けたら、いろいろ具体的な動きがあると思う」

「ふうん。あんまり忙し過ぎて、ぶっ倒れたりするなよ？」

「君こそ。試験が終わるまでは、風邪をひかないでね」

「——俺はいいんだよ。寝込んだらかわいい人が看病に来てくれるから」

「えっ？　だ、誰？　……駄目だよ、他の人に看病させたら。君の面倒は僕が見る」

「あんたな……鈍い上に天然かよ。ったく。もう出るぞ」

ぐい、と真大の腕を引っ張って、櫂はソファから立ち上がった。

「待って、櫂くん。僕まだ一杯しか飲んでないよ」

「どうせたいして飲めないだろ。――支配人、ごちそうさまでした」

櫂は二人分の代金を払って、預けていた真大のコートを受け取ると、さっさと店を出て行く。腕を引っ張られたまま彼について行った真大は、エレベーターの中で不意に抱き締められた。

「か、櫂くん?」

「黙ってろ。あんたは口を開くと、俺を惑わせてばっかりだ」

困ったように呟きながら、櫂は真大の柔らかな髪に唇を埋《うず》めた。ぎゅ、と背中に回された彼の腕が、切なくなるほど温かい。店のソファに座っている間は、僅《わず》かでもあった二人の距離が、狭い箱の中でゼロになる。

(櫂くん、君に抱き締めてもらうの、大好きだよ)

黙っていろ、と言われた真大は、従順に唇を閉じて、心の中で告げた。

(君が好き――)

すると、真大の無言の告白が聞こえたかのように、唇で髪を愛《め》でながら櫂が囁《ささや》く。

「好きだよ。真大」

蕩《とろ》けるようなその甘い声音に、真大は震えた。櫂の腕の中に包まれていなければ、そのままエレベーターの床に溶けてしまいそうだった。

ずっとこうして櫂とくっついていたいのに、一階に着くと、するりと彼の腕は解《ほど》けていく。真大が寂しそうな顔をしてエレベーターを降りると、櫂は苦笑しながら、コートを着せ掛けてくれた。

「寒くないか？」

「――うん。君と一緒だから、平気」

自分で着るより、櫂に着せてもらった方が温かい気がする。コートの襟《えり》を直してくれる彼の手も優しくて、嬉《うれ》しい。

「もっとあったまれるところへ行こう。あんたと二人きりになれるところ。店の中だと、視線が気になる」

「僕も、早く二人になりたい。そう言えばこうして時間が取れたのも、久しぶりだね」

「あんたも俺も忙しいからな。――本気でちょっと、待ち切れなくなってきた。行こう」

前髪の下の櫂の瞳に、野性的な光が増している。真大を抱きたくてたまらない時に、彼の瞳はいつもこうなる。恋人にこんなに率直に欲しがられたら、真大の胸もどきどきして、ビルの外へと向かう足も縺《もつ》れそうだった。

通りを走っていたタクシーを拾って、この街では名の通ったホテルへと向かう。五分も経《た》たずに辿《たど》り着く、以前は毎週水曜日に二人で訪れていた場所だ。曜日に関係なく利用するようになってからも、希望する部屋の番号だけは変わらなかった。

「もういい加減、ここの従業員に俺たちのことはバレてんじゃない？」

「そ、そのことは考えちゃ駄目」

フロントでチェックインを済ませ、いつもの部屋に向かう途中、櫂がからかうから、真大は耳まで赤くなった。

早足で逃げ込んだ、十一階の見慣れた部屋。重たいドアにチェーンをかけて、初めにすることは、キスだ。二人してベッドまで待てない唇を重ねて、時間を忘れる。思えば、櫂に恋をしていることを、真大がはっきり気付いたのも、キスがきっかけだった。

大学の教授室で、櫂に初めて唇を奪われた時、本能的にキスを怖れた体とは別のところで、心は歓喜していた。何度体を繋げても遠い存在だった櫂が、キスを交わしたあの瞬間、真大の心の中に溶けた。見えない透明な壁を破って、彼の方から、こちら側へ飛び込んできてくれた気がした。嬉しくて——もっとキスを、櫂のことを、欲しいと思った。

「んっ……」

唇だけではとうてい足りなくて、舌を探り合って一緒に蕩けていく。二人で重ねた吐息が熱い。抱き締め合った体じゅうが、火照《ほて》って火照って仕方ない。

「——あったまってきた。コート、脱ぐ？」

「ん……、でも、せっかく君が、着せてくれたから」

「バカ。こんなの着たままじゃ、あんたにちゃんと触れられない」

真大の唇を甘噛《あまが》みしたまま、櫂は器用にコートを脱がせた。カシミアのそれを床には落とさず、まるで拘束具のように、真大の肘《ひじ》の辺りに引っ掛けて両腕の動きを奪う。

とん、とドアの方に押されて、真大は硬いそこに背中をつけた。腕の自由を失ったまま、上着のボタンを外され、スラックスのウェストを寛《くつろ》げられる。立ったまま脱がされていくのは、恥ずかしくて、そして興奮する。

「あ……っ、ああ、ん」

櫂の巧みな指で股間をまさぐられると、思いのほか大きな声が出て、真大は慌てて唇を噤《つぐ》んだ。いくら防音の利いたドアでも、廊下の向こうに聞こえてしまうかもしれない。

「声、我慢するなよ」

「廊下を誰か通ったら、恥ずかしい、から」

「……何だよ。やっと二人きりになれたと思ったのに。ここも駄目か？」

「僕は櫂くんと一緒に過ごせるなら、君の部屋でも、自分の部屋でも構わないよ」

「俺の部屋は今は試験前でちらかってる。あんたの部屋は——また今度」

ちゅ、と敏感な耳の下を吸われて、真大は息を詰めた。

「んっ……。……そんなことを言って、君は何故《なぜ》だか、僕の部屋には来てくれない」

耀とこんな風に抱き合う時は、ホテルか彼の部屋か、そのどちらかに限られている。真大の部屋を使ったことはほとんどない。

(たまには僕の部屋にも、耀くんに遊びに来てほしいのに)

家具の少ない殺風景な部屋だから、彼にはつまらないのだろうか。インテリアをもう少し凝ってみようか、と、思いを巡らせるのに、うまい結論は出なかった。

スラックスの奥の下着をかき分けて、耀の手が忍んでくる。温かい掌《てのひら》に下肢の中心を包み込まれると、ぞくぞくと快感が真大の背中を駆け抜けて、インテリアのことは頭のどこかへ追いやられてしまった。

「あ……っ、耀くん……、そこ、触ったら……、いや……っ」

「もう濡《ぬ》れ始めてる。いい音がしてるよ」

「んっ、く……っ、ああ――」

「さっきよりも大きくなった。かわいいよ、真大」

「はっ、あ、あん……っ、んっ」

中途半端に服を脱がされた格好で、耀から掌と指の愛撫を受ける。すぐに火がつく真大の体は、達するまで真大自身も制御できない。

「耀、くん、ここじゃ、いやだ」

「どこならいいの？　あんたはすぐに恥ずかしがるから、ちゃんと言わないと、連れて行ってやらないよ」

「や――」

きゅう、と掌に快楽の火元を握り締められて、大きくのたうつ。そのまま先端を指の腹で撫《な》でられたから、ひとたまりもない。

痛くないように加減された愛撫は、真大を蕩けさせるだけ蕩けさせて、そして言いなりにした。

「ベッドに、行く。連れて行って、耀くん」

「――違うだろ？」

「お願い……っ、耀……」

正解、と、耀が低音の囁きを耳元で零《こぼ》す。彼は名前を呼び捨てにすると、とても喜ぶ。二人きりの時にしか使わない呼び名は、恋人の証《あかし》だから。

「耀。耀――」

恋人を呼び続ける真大を、耀は逞《たくま》しい両腕に抱き上げて、ベッドへと運んだ。シーツの上だけがスタンドで明るく照らされた、二人きりの部屋。その部屋が真大の甘い声で満ちていくまで、時間はあまり、必要なかった。

2

冬休みが明けて、洛央大は年間で最も忙しいシーズンに突入した。各学部では卒業研究や卒業論文の提出期限が近付き、教授陣はその審査に追われている。センター試験を皮切りに始まる入試、後期末試験と新三、四年生の就職活動の本格化、卒業式、新年度の学会の準備など、真大のスケジュール帳の予定は日に日に詰まっていく。

学内に慌しい空気が流れる中、櫂の大学院入試の日程も着々と近付いてきた。教授陣を含めた教職員たちには、不正防止のために受験予定の学生に個人的な接触をしないようにと、学長から通達が出ている。真大も櫂に会いたい気持ちをぐっとこらえて、激励会をした日以来、彼に電話をかけることも遠慮していた。

「北岡先生、そろそろ出発しましょう。電車の時間が迫ってます」

「あ、はいっ」

同じ環境化学科の准教授に急《せ》き立てられながら、真大はデスクの上にあった部屋の鍵を手に取った。肩にかけているボストンバッグには、出張用の着替えが入っている。

エタノールを大量精製するための、サトウキビの品種改良が、洛央大工学部と農学部の合同チームでスタートしようとしている。研究の拠点をバイオマス研究室のサトウキビ農場がある沖縄に置くことから、現地の南海《なんかい》大学の研究者も参加して、大きなプロジェクトになる予定だった。

「すみません、ちょっと資料館に寄りたいので、先に駐車場へ行っててください」

「じゃあ先生のお荷物、車に積んでおきますね」

「ありがとう。お願いします」

真大はボストンバッグを准教授に預けて、研究棟と教科棟を繋ぐアトリウムにある資料館へと向かった。そこは学内の図書館と似た造りで、工学部が管理する多くの論文や書籍が収められている。真大はあらかじめ頼んでいた資料のコピーを受け取りに、カウンターの職員へ声をかけた。

「環境化学科の北岡です。今朝お願いした資料の件なんですが――」

「はい、承っております。すぐにご用意いたしますので、お待ちください」

職員がカウンターの奥へ消えてから、真大は何気なく建物の中を見渡した。専門図書で溢《あふ》れ返った書庫と、ゆったりとしたソファを置いた閲覧スペースには、教職員に混じってたくさんの学生の姿がある。

すると、個別のデスクが並んだ静かな一角に、思わぬ人の横顔を見つけて、真大はどきん、とした。

（燿くん）

吸い寄せられるように視線が向かった先で、櫂は熱心に勉強をしていた。デスクの上には、大学院入試に出題される教科の資料だろう、本が何冊か積まれている。

(何日ぶりかな。君を見るのは)

鼓動がピッチを上げていくのにまかせて、真大はカウンターの前に立ち尽くしたまま、櫂を見詰めた。ガラスの窓から射し込んだ陽光が、彼の黒髪を明るく照らしている。真剣にノートにペンを走らせる横顔は、真大が思わず呼吸も忘れるほど端整で、ストイックだった。

(声をかけたい――。櫂くん。でも、試験が終わるまでは、君にむやみに近付いちゃいけないから)

そう思って我慢していると、数人の女の子たちが彼のデスクに近寄っていって、お菓子か何かの包みを差し出した。櫂のファンの子らしい。入試を控えた彼を応援したい人は、バイオマス研究室の仲間以外にも、たくさんいるのだ。

(……僕も同じ学生だったら、あんな風にねぎらえるのに)

教授の立場であることを忘れて、学長直々《じきじき》の通達を無視する訳にもいかない。寂しく瞳を伏せた真大へと、カウンターに戻ってきた職員が声をかけた。

「北岡先生、お待たせいたしました。ご用命の資料のコピーです」

「あ……。ありがとうございます。お手数かけました」

真大はこれから二泊三日の予定で、沖縄の南海大で行われる合同研究の打ち合わせや会議に出席する。そこでスポンサー企業向けのセミナーを頼まれていて、資料は欠かせないものだった。

（濯くんもがんばっているんだから、僕も僕の仕事をしっかりやろう）

濯への想いをやる気に変換して、真大は受け取ったコピーを素早くチェックすると、それを手持ちのブリーフケースに収めた。

資料館を出た途端、びゅう、と強く吹いた風が、建物と建物の間を渡って真大の髪を乱す。身を切るようなその寒さに首を竦《すく》めて、真大は去年の夏に一度訪れた、遠い沖縄の青い海を思った。


洛央大のある研究学園都市から、直線距離にして約一八〇〇キロ。沖縄本島の真冬とは思えない温暖な環境の中、契約農場のサトウキビが青々とした葉を伸ばしている。

南海大で行われた打ち合わせは予定通りに進み、工学部内の一室に、バイオマス研究室の出張所が開設された。春からは真大も一月のうち何日かここに通うことになる。南国の開放的な風土がそうさせるのか、南海大生たちは明るくて人懐っこく、合同研究に加わる彼らは、真大を歳《とし》の近い「にーにー」として歓迎してくれた。

「北岡先生、今日のセミナーは大変勉強になりました。無理を言って先生にお願いした甲斐《かい》がありましたよ」

「――恐れ入ります。こちらこそ、学生の皆さんや地域の方々の受講を許可していただいて、ありがとうございました」

「いえいえ、せっかくの機会ですから、我々だけにご高説をたまわるのはもったいない。質疑応答の活発なセミナーになって本当によかった」

沖縄に着いて二日目の夜。真大は燃料と環境保護についてのセミナーを開いた後、スポンサー企業が主催した宴席に招かれて、接待を受けた。泡盛をほんの少し味見しただけなのに、過密スケジュールで溜《た》まった疲労のせいで、すぐに睡魔に襲われてしまう。

真大は早々にホテルの部屋に引き上げ、熱いシャワーを浴びてから、ベッドに横たわった。

「――疲れた……」

羽根の寝具に埋もれながら、バスローブに包んだ体を、ぐったりと脱力させる。スポンサーに用意してもらったホテルは、この辺りでは屈指のリゾートホテルで、一人で泊まるにはスペースを持て余すほど、部屋も広くて豪華だった。

キングサイズのベッドに寝そべっていると、左右が空き過ぎてとても心細い。大の字に寝る気分にはなれずに、真大は小柄な体をますます小さくして、バルコニー付きの窓の向こうの潮騒を聞いた。

（海がすぐそこだ。こういう部屋は、一人より二人で泊まりたいな）

耀の顔が思い浮かんできて、きゅ、と胸の奥が切なくなる。夏に一度、研究室の有志でサトウキビの植生実習で沖縄に来た時は、耀はケガで入院していて同行できなかった。今ここに彼がいたら、二〇〇〇キロ弱も隔たった距離なんて、少しも感じなくてすむのに。

（会いたい、な。耀くんに）

昨日の昼間、工学部の資料館で彼を見かけた時、本当は声をかけたかった。こんなに広いベッドに一人でいると、むしょうに彼に会いたくなってしまう。

真大はごろりと寝返りを打って、ベッドサイドのテーブルに置いていた携帯電話を、視界に入れないようにした。しかし、ものの数分も経たないうちに、胸がじりじりして、落ち着かなくなってくる。

沖縄に来てからも、忙しく仕事をしている間は、寂しさを忘れていられたのに。耀に会いたい気持ちが膨らみ過ぎて、目を閉じても眠りに逃げ込むこともできない。

「……少しだけ、だから。研究室の用事だから」

部屋に自分以外誰もいないのに、そう言い訳をして、真大はさっきと逆向きに寝返りを打った。電話を取った指先が震えてしまうのは、宴席で飲んだ泡盛のせいにする。

耳元でコール音が鳴る間、何故メールにしなかったのか、と後悔した。耀が勉強中だったらどうしよう。電話を切ろうかどうしようか迷っている間に、真大の耳元が一瞬、沈黙した。

『──はい』

「あ……っ、か、櫂くん？」

『真大』

「うん。急に電話して、ごめん」

聞こえてきた低い声に、くらくらと眩暈《めまい》がする。こんなにも櫂の声に飢えていたのかと思うと、自分で自分に呆《あき》れてしまう。

「た……たいした用事じゃ、ないんだけど、あのっ、今、沖縄にいるんだ」

『ああ』

「それでね、南海大の工学部に、うちのバイ研の出張所ができたよ」

『そう』

「この間話した、農学部とのサトウキビの品種改良は、ここが拠点になるから。こっちの学生のみんなも、研究熱心な子たちばかりだ」

『ふうん。それで？』

「えっと──その、それだけ」

そっけない櫂の受け答えに、真大はいたたまれなくて、泣き出しそうになった。やっぱり電話をしてはいけなかった。きっと彼は試験勉強中で、集中力を削《そ》いでしまったのだ。

すると、真大の不安を煽《あお》るように、は、と電話口で溜息をつかれた。

『なあ、もう用事は終わり？』

「うん……。ごめんなさい。もう切る。おやすみ」

『おい。そっちから電話しといて、勝手に切んな』

「え？」

『――一人でいるの、寂しいんだろ？　真大』

「櫂くん……っ」

『ちゃんと言えよ。俺の声が聞きたかったってさ。我慢できなくて、わざわざ沖縄から電話しましたって、正直に言え』

あんなにそっけなかった櫂の声が、笑みを含んだいたずらっぽいそれへと変わる。彼にからかわれていたんだと気付いて、真大の両目が安堵《あんど》で潤んだ。

「き、君は、とっても意地悪だ」

ふふ、と耳元で聞こえる笑い声が、意地悪なのに胸の奥を甘くくすぐる。真大は泣かないように、柔らかなシーツを、ぎゅうっ、と摑《つか》んだ。

『あんたがどうでもいい用件しか言わないから。――沖縄か。今何してたの』

「……サトウキビ農場の近くのホテルで、もうシャワーを浴びて横になってる。今日はセミナーや視察があったから、くたくたになっちゃって」

『そうか。お疲れさま』

「耀くんも。勉強のお邪魔じゃなかった？」

『少し仮眠を取ろうと思ってたところ。あんたの電話は、いいタイミングだった』

「よかった――」

飛行機で数時間もかかる距離を飛び越えて、耀の声が届く。真大はまるでキスをするように、電話にぴったりと唇を寄せた。

「もう何日も会ってなかったから、君の声が、聞きたかった」

『バカだな。最初からそう言えばいいだろ』

「うん――。耀くんも、僕の声、聞きたいって、思ってた？」

『……ん、まあ』

真大のストレートな問いに、耀が少し口ごもる。彼が照れているのかもしれないと思うと、真大の鼓動が速くなった。

『試験が終わるまであんたに会う気なかったのに、中途半端にニアミスしたから。あんた昨日、資料館にいたろ』

「えっ、どうしてそれを知ってるの？」

『あそこのデスク、建物の構造のせいか、カウンターの声がよく響くんだ。あんたがいるってすぐ分かったけど、放置したよ』

「何故？　気付いてたんなら、僕に合図くらい、してくれても」

『――俺はその程度で満足できないいし。あんたと目なんか合わせたら、書庫の奥に引き摺《ず》って行って、そこで抱いてた』

「な……っ……」

『今も、あんたの声を聞いてるとやばいの。言ってる意味分かるよな』

ごくん、と喉を鳴らして、真大は唾《つば》を飲み込んだ。櫂の声がだんだんと掠《かす》れて、まるでベッドの隣で囁く時のように、色香を帯びたものになっていく。

『せっかく試験勉強に集中してたのに、一度途切れると、駄目だ。……真大にもう十日以上も触れてないこと、思い出したよ』

「櫂くん――」

『前に抱いたの、冬休みだったよな。俺がつけた痕《あと》、まだ残ってる？』

「あ……」

真大はそっと自分の胸元を見やって、バスローブの下に見え隠れしている、薄く残ったキスマークを数えた。

「残って、る。もう薄くなってるけど、いっぱい」

真大は電話を左手に持ち替えて、右手の指先を、鳩尾《みぞおち》のキスマークの上に置いた。

「んっ……」

『もしかして今、自分で触ったのか』

「——うん。君がつけてくれた痕の上を、少し」

『どんな感じ?』

「もぞもぞして、へ、変な、感じ」

『俺がしたのと同じように、胸とか、撫でてみて』

「恥ずかしいよ……」

『目を瞑《つぶ》れば気にならない。ほら、真大。俺の言うことを聞けよ』

「目、を、瞑る、の?」

『ああ』

真大は寝具に深く潜って、櫂に言われた通りに瞳を閉じた。視界が暗く遮られて、まるで海の底にいるような静寂の中、電話越しの櫂の声だけが響く。

『この間、俺がキスしたのはどこだった?』

「……首筋と、胸の、全部と、お腹《なか》、と、腰の骨の、ところ」

『腰骨、くすぐったがるけど、好きだよな』

「うん——。ここ、好き。櫂くんの唇や指が触れると、ぞくぞくする」

バスローブの上から、掌で自分の腰を撫でてみる。櫂のように、優しく円を描いたり、強く摑んで揺さぶったりする、器用なことはできない。ぶ厚いタオル地の壁がもどかしくて、真大はそっと、バスローブの内側へと指を伸ばした。

「……んっ……、う……っ」

浮き出た腰骨を指の腹で辿って、くすぐったさに体を震わす。静かな水面に小石を投げ込んだように、触れたところからぞくりと欲情の波紋が広がっていく。

「は……っ、ああ……ん」

いやらしい声が止まらなくて、真大は唇を噛《か》んで耐えようとした。燿と電話を交わしながら、自分で自分の体を触って、感じているなんて信じられない。頭の中で真大の理性はそう言っているのに、燿が耳元でそれを邪魔する。

『あんたの声、溶けてきてる。もっと俺に聞かせろよ』

「いや……、駄目」

『もう感じてんだろ？　真大。いつも俺にして見せてるように、足を開け』

「や……燿くん……っ」

『――やれよ。このまま電話を切られたくなかったら』

「ひど、い。……一人でこんなこと……、したことないのに……っ」

真大の指は、腰骨の上を震えながら過ぎて、燿がつけた痕が続く、足の付け根へと伸びた。肌の柔らかいそこは、愛撫にひどく弱くて、燿はいつもわざとキスをたくさん降らせる。

唇で強く吸い上げながら、大きな手で膝を割り開く燿を思い浮かべて、真大はそれを再現した。すると、足を広げた自分のあまりの痴態に、下腹部へと熱が集まってきて、息が上がっていく。

「は……っ、ああ……」

瞼《まぶた》を閉ざした暗闇では、寝具の重さが、櫂の重さと等しい。ぐしゃぐしゃになったバスローブから膝がはみ出して、シーツに擦《こす》れて怖いくらいの快感を生んだ。

「ううっ……、あし、ひら、いた」

『素直だな。かわいい人だよ、あんたは』

「櫂くん、お願いだから、い、いじめないで……っ」

『褒めたつもり。なあ、あんたの一番好きなところ、大きくなってるだろ』

「いや——」

櫂に言い当てられたそこは、バスローブとシーツの狭間《はざま》でずきずきと疼《うず》いて育っている。真大が腰を揺らすと、屹立《きつりつ》の先端にぬめったような感触がして、もうとっくに濡れていることが分かった。

「櫂くん……、もう、本当に、もう駄目……っ」

掌の中に包んで屹立を隠そうとしても、片手では濡れたところがあぶれてしまう。自分の体温を吸っていっそう硬くなっていくそこを、体じゅうを真っ赤にした真大は、羞恥《しゅうち》でどうすればいいか分からなかった。

『あんたのそこ、大きいままにしてたらかわいそうだ。いきたいだろ？　ぐちゃぐちゃに擦っていいよ』

「あっ、ああ……っ、燿くん――」

「『燿』、だろ?」

「燿……、燿……っ……」

恥ずかしいのに、抗《あらが》えない。燿にのめり込んで、彼の命令なら何でも聞きそうな自分がここにいる。こんなにも燿のことを好きでいる。

『本当は口でしてやりたいよ。あんたがすごく感じる裏側のくびれに、キスしてやりたい』

「はあっ、あ……っ、燿、やだ……、僕……っ、も、がまん、できない……っ、ごめん、なさい。許して――ごめん」

燿のセクシーな声音に煽られて、恥ずかしさよりも、快感を追いたい本能の方が勝ってしまった。掌に、ぎゅっと力を入れただけで、屹立が打ち震える。

「ああっ……!」

熱く喘《あえ》いだ途端、真大はもう我を忘れて、右手を動かした。ぬかるんだ先端に絡《から》めた指が、くちゅっ、にちゅっ、と水音をかき立てる。寝具の中は、真大の激しい息遣いと、いやらしいその音が、熱く充満していた。

「燿、燿――」

『真大。あんたのその声、好きだよ』

「い、いい……っ、いく、いっちゃ……」

『いって。——俺も、一緒だ』

「君、も？　……そんな……、嘘だよね——？」

『嘘じゃない。俺がこんなことするの、あんたとだけだよ』

「僕も……、あっ、やあっ、……櫂、あぁ、んっ」

『真大——』

「櫂、いく……っ、いく——、あぁあ……！」

がくん、と腰が砕けるような浮遊感とともに、真大は頭の中を真っ白にして、上り詰めた。

体内を早足で駆け抜けた快感が、白濁となって指と掌を汚していく。

体じゅうを痺《しび》れさせながら、あまりに強い放埒《ほうらつ》に、真大は声も出なかった。小さく浅い呼吸を繰り返して、ふ、と遠のく意識の中で、恋人を呼ぶ。

「……櫂……」

『——ああ』

忘我の吐息を混じらせた、一緒に快感を分け合った櫂の、低く濡れた声。いとしくてたまらない電話の向こうに、真大はキスをする。

ちゅ、と電話の液晶を吸ったそれを、櫂も同じように返してくれた。

『困ったな。さっきまでやってた高分子化学の論題、真大の声で頭から消し飛んだ』

「ぼくの、せい。ごめん」

『──いいよ、許してやる。あんたがかわいかったから』

遥《はる》か彼方《かなた》の海を越えて、何度も交わすキス。遠い街にいるはずなのに、真大は櫂がすぐそばにいるように思えてならなかった。

『明日も忙しいのか』

「うん。ひこうきに、のるまで、よていがたくさん」

『そうか。じゃああんたはこのまま寝ちまえ。もう寂しくないだろ？』

「うん……。かい、だいすき……」

大好き。二回そう言ったはずが、意識を手放した真大には、定かではなかった。快感の余韻に包まれたまま、満たされた眠りへと急速に落ちていく。

『俺もだよ。おやすみ、真大』

おやすみ、と言い返したかったのに、真大はもう唇を動かすこともできず、代わりに静かな寝息を立て始めた。

3

沖縄の暖かさを体験すると、冬の最中の学園都市は極寒に感じる。静かな学内に植えられた、背の高い常緑樹の枝葉に、雪が降り積もる頃。洛央大の各学部では、大学院入試がスタートした。

工学部では今日から五日間の日程が組まれていて、一次選考に書類審査と記述試験、二次選考に口述試験と論文審査、そして英語を使っての面接が行われる。

この中で真大が担当したのは、記述試験の専門科目テストの作成だ。年が明ける前にはその作業が済んでいたので、実質、入試期間中に真大の仕事はなかった。

「――本当は口述試験か、面接を担当したかったんだけどな」

工学部の研究棟にある私室で、真大は休憩を取るために淹れた煎茶《せんちゃ》を啜《すす》りながら、そう独りごちた。

記述試験の学力だけで判断するのではなく、学生と直接対時《たいじ》して、博士課程に進む意気込みや、熱意を見極めたい。いや、もっと単純に言えば、試験に臨む櫂を目《ま》の当たりにして、彼を応援したかった。

「もうそろそろ、最初の科目の記述試験が始まる頃だ」

部屋の壁の時計を見やって、まるで自分が試験を受けるかのように、緊張する。沖縄から帰ってからも、櫂とは一度も、直接会っていなかった。電話越しの熱いひとときはもう終わってしまい、試験終了まではメールのやりとりも完全にストップしている。

学部内で高い成績を誇っている櫂は、書類審査はまず問題なく通るはずだ。そうは思っても、そわそわと気分が落ち着かなくて、手元の湯呑みを呷《あお》っても収まらない。

櫂と同じく大学院を目指す学生がたくさんいるのに、彼のことばかり考えてしまう自分に、真大は溜息をついた。

(ちっとも公平じゃない。——自重しなくちゃ)

長い間、恋心を隠しておくのが当たり前で、演技ばかりしてきたのに、櫂に対してはそれがうまくいかない。彼だけ贔屓をしないように、こうして必死で自制しなければならないなんて、完全に気持ちのコントロールができなくなっている。

「贔屓はいけないけど、やっぱり櫂くんのことを応援したい」

真大は神様に祈るように、デスクの上で両手を組んで瞳を閉じた。今頃、櫂は試験会場で戦っている。少しでも彼の力になりたい。

(がんばれ。君なら大丈夫。合格すると信じているよ。落ち着いて、問題をよく読んで)

一心にそう願っているうちに、だんだんと自分の気持ちも落ち着いてくる。真大はそっと瞼を開けて、深呼吸をした。

やっと仕事に戻るふんぎりがついて、書きかけだった原稿を纏《まと》めるために、パソコンのキーボードを叩く。学会誌や工学専門雑誌への寄稿の依頼は、真大によく舞い込む仕事の一つだ。カタカタと軽快に指を動かしていると、デスクの端で携帯電話が鳴った。

耀が設定してくれた、真大の好きな映画音楽の着信メロディ。『雨に唄えば』のテーマソングなら耀からの着信で、『オペラ座の怪人』なら――。真大は仮面の怪人の音楽を鳴らしている電話を、慌てて手に取った。

「もしもし、知也《ともや》」

『ああ。今、話していても大丈夫か？』

「うん。平気だよ」

もし、電話の向こうにいる彼が、スリリングな自分の着信メロディを知ったら、気を悪くするんじゃないだろうか。こっそりと心配している真大の耳に、一度は失うことを覚悟した、小学生の頃からの親友の声が響く。

『今週、時間を取れないか。久しぶりに食事でもどうだ』

「あ……うん。いいよ。仕事でこっちへ来る用事でもあるの？」

『仕事ではないけど、お前に相談というか、話したいことがあって。空いてる日を教えてくれたら、店は俺が予約しておくよ』

「分かった。後でメールしておくね」

少しの間言葉を交わして、電話はすぐに切れた。親友の室菱《むろひし》知也は、世界一の自動車メーカーの常務取締役として、真大に負けず劣らず多忙だ。用件だけの短いやり取りでも、彼と以前と変わらずに話せたことが、真大はありがたかった。

前回知也に会ったのは、梅雨の季節。ハワイで彼の結婚式が行われる直前、一緒の飛行機に乗る予定だった真大を、彼は車で迎えに来てくれた。しかし、真大が乗ったのはその車の助手席ではなく、肋骨《ろっこつ》を折った櫂を運んだ、救急車の付添い人席だった。

知也に櫂との秘密を告白した時、彼と親友を続けられなくなってもいいと思った。降りしきる雨の中で、傷付いてもなお自分を守ろうとしてくれた櫂が、何よりも大切で、いとおしくてたまらなかったから。

知也が振るった櫂への暴力は、けして許されることじゃない。知也もまた、親友の真大を守ろうとした、その結果だとしても。

（一番いけなかったのは、自分の心を偽ってばかりいた、僕なんだ）

知也に初恋を告げる勇気もなく、失恋の傷を櫂の優しさで埋めた、一年前の自分を殴ってやりたい。どこまで弱い人間なんだ、と、あの頃の自分を叱《しか》り飛ばしたい。

大切なのは、演技をして自分の気持ちを裏切ることではなく、正直になること。櫂はそれを、出会った最初から真大に教えてくれた。『欲しかったら言え』と。

（櫂くん、君がそう言ってくれたから、僕は正直になれた。君を好きになることで、僕は少

しだけ、強くなれたよ）

櫂のおかげで強くなれたから、知也とも親友として向き合うことができる。知也からの電話一つで、びくびくして正気でいられなくなっていた頃の真大とは、もう違うのだ。

ふと考えてみれば、前に知也の顔を見てから、随分時間が経っていた。さっきの電話口の声は穏やかだったが、真大を食事に誘うことに、知也が随分と気を揉んだことは察しがつく。

（ありがとう、知也。君の方から僕を誘ってくれて）

決別しかけた親友関係は、『結婚しました』の葉書から始まって、メール、そして電話へと、少しずつ修復された。知也が誘ってくれた食事は、二人の関係が元通りになる、大きな一歩になるはずだった。

「――知也が僕に相談したいことって、何だろう」

知也への初恋が終わっても、子供の頃から続く彼への友情は何も変わらない。真大は壁時計の下にぶら下がっているカレンダーを見て、今週のスケジュールの空きを探した。

「真大、こっち」

「知也」

金曜日の午後。約束の時間ぴったりに、指定された中華料理店に出向くと、知也が先に来て待っていた。彼の隣には、半年前に結婚式を挙げたばかりの、新妻の沙耶子《さやこ》がいる。

「沙耶子お嬢さん、ご無沙汰《ぶさた》しています」

「いやだ、真大さん。もう私、お嬢さんじゃないわよ？」

「そうだったね。——結婚して奥さんになった人には失礼だった。ごめんなさい」

「真大さんったら、相変わらず生真面目《きまじめ》ね。ねえ、知也さん」

「真大は律儀《りちぎ》なんだ、昔から。とりあえず座れよ、真大」

「うん」

一年前の真大は、こんな風に、知也と沙耶子に向かって自然に微笑《ほほえ》むことはできなかった。

朱塗りの円卓の空いている席に、真大は腰を下ろした。沙耶子はトミタ自動車の同期で、真大にとっては社内の友人の一人だった。三人でテーブルを囲むのは、知也と沙耶子が結婚することを知った、一年前のあの夜以来だ。

「じゃあ、再会を祝って」

青島《チンタオ》ビールで乾杯する二人に、ノンアルコールのお茶で付き合う。真大のためにあらかじめジャスミンティーを注文しておいてくれたのは、とてもよく気のつく沙耶子だ。こまやかで美人な彼女を妻にできて、知也は幸せ者だと、今は心から祝福できる。

「遅くなって申し訳ないけど、結婚おめでとう。末永くお幸せに」

本当はこの言葉は、披露宴のスピーチで二人に贈るつもりだった。初恋に決着をつけるための、けじめの儀式。それを純粋な祝いの言葉として言えたことが、とても嬉しい。

「ありがとう」

「ありがとう、真大さん」

「真大、やっぱりお前にも、式には出席してほしかったよ」

「……うん。ごめんね、知也」

いいや、と知也は小さく首を振る。彼と瞳を交わし合うと、二人の間に残っていたしこりが解け、円卓に並んだ料理の湯気とともに消えていった。思わず笑みが零れた真大を見て、知也も微笑む。

知也の親友でいたいがために、真大が続けてきた演技はもう必要ない。子供の頃と同じ友情を抱いて、真大は彼に微笑むことができる。

「もう、なあに？　二人で見詰め合って。また私に内緒の話？」

「何でもないよ。沙耶子、そっちの金華豚のスープが欲しいな」

「はいはい。でも真大さんが先よ？　――はい、どうぞ」

「ありがとう。いただきます」

沙耶子が取り分けてくれた熱々のスープに、真大はれんげをそっと浸した。

確か前に三人で会った時も、中華料理を食べた気がする。真大がそのことをよく覚えていないのは、知也と沙耶子が婚約したと聞いて、大きなショックを受けたからだった。

（あの日のことは、今もあまり思い出せない。目の前が真っ暗になって、体じゅうが冷たく凍り付いて、何も考えられなかった）

知也の結婚が、世界の終わりのように思えたあの日。宿泊先のホテルで、偶然櫂に出会った。感情をなくした顔をして、ずぶ濡れになってエレベーターに乗っていたと、櫂は後になって真大に教えてくれた。

（嘘みたいだ……。あの日と同じように、三人で食事をしているのに、僕の胸の中は温かい）

健啖家《けんたんか》で気持ちよく料理を頬張《ほおば》る知也と、彼が唯一苦手な香菜《シャンツァイ》を食べてあげる優しい沙耶子。仲睦まじい二人を見ていても、真大の胸は少しも痛くならない。新婚の甘い空気をただ微笑ましく思うだけだ。

幸せそうに沙耶子を見詰める知也の顔。大切な人へと向けた瞳は、穏やかでとても優しい。似たような瞳を、自分も櫂に向けられていることに気付いて、真大は、はっとした。

（――そうだ。僕は彼に満たされている。いつでも僕の中に櫂くんがいるから、体じゅうがぽかぽかして、温かいんだ）

一年前のあの日、からっぽになったはずの心に、櫂がいる。内側から真大を温め、あの長い両腕で包んでくれる恋人。たとえ今、そばに櫂がいなくても、真大は満ち足りていた。

「どうした？　真大。ぼうっとして。箸が進んでないぞ」

「あっ、ううん。おいしくいただいてるよ。翡翠餃子《ひすいギョーザ》のエビがぷりぷりだ」

「本当、おいしい。今度来る時は点心のコースを試してみたいわ」

「またいつでも来れるよ。なあ、真大」

「うん。今度は僕が予約をするから、またこっちに二人で遊びに来て」

三人で和やかに談笑しながら、楽しい食事の時間が過ぎていく。店のはからいで、デザートは庭を眺められるテラス席に用意してもらって、円卓からそちらへ移動した。

仕切りのない一枚ガラスの大きな窓の向こうに、中国式の庭園が広がっている。池を囲むように回廊があり、他の客が散策していた。

「ごめんなさい、ちょっと席を外すわね」

「ああ、俺たちは庭に出て、その辺を歩いてるよ。行こう真大」

割り勘の会計を済ませた後、化粧室へ向かった沙耶子と別れて、知也と庭先に出る。晴れた午後は陽射しが暖かく、コートを着なくても心地よかった。

「今日は悪かったな、急にスケジュールを空けてもらって。大学は忙しいんだろう?」

「うん、毎日予定はけっこう詰まってるけど、講義と講義の合間に休めるから」

「そうか。あの男——蓮見の体の具合は、どうなんだ」

「もうすっかり元通りだよ。元気にしてる」

「……そうか。今もあいつと、その、一緒にいるのか?」

聞きづらそうにしている知也に、真大は苦笑した。自分にとって櫂がどんなに大きな存在か、知也に理解してもらうには、まだきっと時間がかかる。真大は努めて明るい声で、うん、と答えた。

「少し前に、研究室のみんなを交えて、彼と一緒に飲んだよ。とても楽しかった」

「真大は酒に弱いのに。無理をしていないか？　学生の飲み会は限度を知らないだろう」

「そんなことないよ。みんな実験やレポートを抱えているしね。一度飲み会で潰れたことがあるけど、櫂くんが上着を貸してくれて、僕を膝枕で休ませてくれたんだ」

真大の代わりに、櫂が大瓶のビールを二十本も飲んだことを話すと、知也は驚いて瞳を丸くした。

「蓮見がそんなことを……？」

「うん。彼はとても優しい人だよ。周囲にはあまり自分の内面を見せないけど、男気のある紳士なんだ」

真大がそう言うと、丁寧にセットしてある髪を掻《か》きながら、知也は困ったような顔をした。

「今のはもしかして、惚気《のろけ》なのか」

「そ……そんな風に聞こえた？」

「聞こえた。あいつのいいところは自分だけが知ってる、って感じの言い方だった」

「そんなつもりないのにな――」

「無意識か？　まったく、困った奴だ」

ふう、と溜息をついて、知也が早咲きの梅に彩られた池のほとりで足を止める。以前のように、彼は櫂のことを全面否定したりしなかった。春はまだ遠いはずなのに、日向《ひなた》の匂いのする風が、二人の肩を撫でていく。

「真大。俺は今もお前のことを心配してるよ。できればあの男と離れて、トミタに戻ってほしいとも思ってる」

「知也、それは」

「もしお前が、あいつに乱暴な扱いを受けたりしたら、俺は黙っていられない。強制されて一緒にいるのなら、今ここでお前を連れて帰りたい」

親友として自分を心配してくれる、知也の気持ちは嬉しい。しかし、櫂に占められた真大の心は、やんわりとそれを拒んだ。

「心配はいらないよ、知也。僕が望んで櫂くんのそばにいるんだ。さっき食事をしている間も、頭の中は彼のことでいっぱいだった。彼に、夢中になってるんだと思う。櫂くんのことをとても大切にしたいんだ」

「……また惚気か。真大。お前は少し、変わったな」

「え？」

「そういう心情を、率直に口に出すタイプじゃないと思ってたんだが。あの男の影響か」

「さあ――。もしそうなら、嬉しい」

にこ、と笑った真大に、知也はまた苦笑と溜息を返してきた。

「その子供っぽい顔も、あの男がさせているのか。大学教授が無防備なのはよくないな」

「無防備？」

「俺は、本音を言えば、早くいい恋人を見つけて、お前にも結婚してもらいたいと思ってる。わざわざ困難な相手を選ばなくても、お前は幸せになれるはずなんだから」

「燿くんのことを、困難だなんて思わないよ。僕は今、とても満ち足りてる。本当に何の心配もいらないから、安心して、知也」

「――まあ、お前がそこまで言うなら、納得してやらないこともないが。正直、悔しい」

「知也……」

「真大に一番近いところにいたのは俺なのに、いつの間にか、あの男に取られていた。まったくおもしろくない話だよ。しょうがないから俺は、有効的な手段でお前からあの男を引き離す方法を手に入れた」

何かとても怖いことを言いながら、知也は上着の内ポケットへと右手を入れた。彼はそこから、トミタ自動車の社名入りの封筒を取り出して、真大へと手渡した。

「『洛央大学工学部環境化学科　蓮見燿殿』。トミタから彼に、何？」

「入社の誘いだ。人事部と開発局から、常務の俺にあの男をヘッドハントしてくれと、正式な要請があった」

「えっ！」

「実は、今日お前を呼び出したのは、このことなんだ。封緘《ふうかん》していないから、開けて中身を見てみろ。真大にとっては蓮見は教え子だ。チェックする権利がある」

「う、うん……っ」

真大は焦った指先で、糊付けしていない封筒から書類を取り出した。トミタ自動車会長のサイン入りで、櫂を技術開発研究所へ招聘《しょうへい》すると書かれている。

現在トミタはエタノール・カーの共同開発を洛央大と進めているが、そのチームの一員である櫂の研究論文が、上層部の間で注目されたらしい。以前意見交換会で彼がプレゼンターを立派に務めたことも、今回のヘッドハントに繋がっているようだった。

「――トミタに彼の能力が認められたんだね。研究員の肩書きと、満額の報酬、住居も提供すると書いてある。これは……とてもいい条件だ」

「ああ。俺は大盤振る舞いだと思ったが、特に開発局があの男を買ってるようだ」

「でも、今彼は、大学院入試の最中なんだ。博士課程への進学を希望していて、大学に研究者として残る予定で」

「そのことは、こちらの耳にも入っている。大学院の合否に関係なく、上層部は蓮見に入社を勧めるつもりだ」

「そんな――」

「真大。企業と大学、どちらを選ぶかはあの男の自由だが、答えは見えてる」

静かな声でそう言った知也に、真大はすぐに言い返すことができなかった。櫂がどちらの選択肢を取るか、真大にもおぼろげに予想がついたからだ。

「研究者として大学に残るより、資金力のある企業に入る方が、学生にとっては有利だ。新卒でこの好条件を提示できるのは、うちの研究所くらいだぞ」

「……それは、そうだけど。でも……っ」

「真大も副所長を務めたんだから、よく分かるだろう。トミタの報酬と万全な環境で、お前は何の不自由もなく、自分の研究を進めることができたはずだ」

どくん、と左胸を騒がせながら、真大は書類を持つ手に汗をかいた。知也の言った通り、真大のトミタ時代は、研究環境に限って言えば、とても恵まれていた。高級マンションのような寮と、自分専用のラボとチームを提供され、法外な報酬を使う暇もないくらい、研究に時間を忘れて打ち込めた。上層部に結果を求められる厳しさも、モチベーションに変えて自分を鼓舞することができた。

あの頃に自分が受けた恩恵を、櫂にも与えられたら、彼にとってどれほどの実りになるかしれない。寄付が集まってくるとはいえ、資金力に限界がある大学は、研究環境がどうしても企業に劣ってしまうことがある。櫂の将来のために、真大は、彼にも最高の環境で研究を続けてもらいたかった。

「耀くんに――彼にこのことを、話さないといけないね。大学院入試は今日までの日程なんだ。きっと疲れているだろうし、彼が少し落ち着いてからでもいいかな」

「ああ、真大から事前に話を通してくれたら助かる。近いうちに、俺も大学の方に出向くよ。その時は人事部の担当者を同席させるから、蓮見に面会のセッティングを頼めるか？」

「……構わないよ。学部の応接室を押さえておく」

「面倒なことを頼んですまない。真大の力を借りなければ、あの男は、俺には素直に会わないだろうから」

「大丈夫。何なら、僕も同席するよ。大切な教え子の将来に関わることだから」

うん、と真大が頷くと、知也も安心したように頷く。しかし、真大の心の中は、けして穏やかではなかった。

「知也さん、真大さん、お庭はゆっくり見られた？　素敵ね、ここの景色」

化粧室から戻った沙耶子が、池のそばに立っていた二人のもとへと歩いてくる。メイクを直してきた彼女は、陽射しに映える綺麗な笑顔を知也に向けた。

「そろそろ本社に戻らないと。知也さん、今日は夜からレセプションでしょう？」

「ああ、そうだった。――じゃあ、真大。さっきのこと、よろしくな」

「うん……」

「真大さん、今日は楽しかったわ。東京にいらした際は、連絡をお待ちしてます」

「新居に招待するよ。泊まりがけで遊びにきてくれ」

「ありがとう。二人とも気をつけて帰って」

庭園から店のエントランスに回ると、運転手付きの社用車が待っていた。大学まで送るという知也の誘いを断って、二人が乗り込んだ黒塗りの車を見送る。東京方面へ向かうそれが見えなくなってから、真大は一人で歩き出した。

ここから大学までは少し距離があるが、タクシーを拾う気分にはなれなかった。少しずつ陽が傾いて、冬の気温に戻っていく街を、とぼとぼと歩く。その途中に、トミタ自動車のディーラーがあるのを見つけて、真大は思わず店先を覗いた。

白、黒、赤の、ベーシックな新車のラインナップ。それらに搭載されているのは、真大が開発したエンジンの何代か後継にあたる。これから先、自分と同じように、櫂がその開発に加わることになるのだろう。トミタは主力のハイブリッド・カーとともに、櫂の研究分野であるエタノール・カーを商品戦略に加えると、あの書類に書かれてあった。

「櫂くん……」

冷たい風が首元を摺り抜けて、一瞬のうちに体温を奪っていく。ディーラーの前を通り過ぎた真大は、着忘れていたコートを羽織って、ぎゅ、とポケットの中で両手を握り締めた。

何週間か前、大学院入試の激励会があった夜に、櫂が着せてくれたコートだ。最近、このコートばかり着ていることを、今更のように思い出す。

（――耀くんと一緒に、この先も、洛央大で研究を続けられると思ってた）

彼は無事に試験を突破して、春から院生になると信じていた。博士課程の自分の講義にも招待しようと、楽しみにしていた。偉そうなことを言っていいのなら、彼を自分の手で立派な研究者に育て上げたいと思っていた。

（でも、それ以上に、僕は耀くんがそばにいてくれることが……）

大学という、いつでも会える距離に、耀を閉じ込めておける。――耀が大学院入試を受けると言い出した時、真大が最初に思ったのは、そんな我儘《わがまま》なことだった。

大学教授という立場も、六歳も年上という立場も、全部忘れて、ただ耀のそばにいられると思った。彼が大学に残ることが、けして最善の進路ではないと気付きもせずに。

（そうだ。耀くんは元々、自動車メーカーに就職を希望していた。トミタからの打診はまさに希望通りじゃないか）

真大から見ても、耀にはトミタの期待に見合う才覚と、在学中に培ったしっかりとした研究実績がある。

今回のヘッドハントを、耀はきっと喜ぶだろう。彼は無駄な謙遜《けんそん》をしない、物事を合理的に、とても冷静に考えられる人だ。自分に向けられた最高の評価をみすみす逃すはずがない。

「僕の我が儘なんか、彼の将来に、何の役にも立たない」

試験の合否がどうであれ、真大が櫂にできることは、彼の前途を邪魔しないこと。知也から預かった書類をちゃんと渡して、将来の選択肢を増やしてあげること。たったそれだけだ。

「櫂くん。僕は、君のために、一番いいと思うことをする」

冬枯れの並木道の上空に浮かぶ、昼間の白い月を見上げて、そう心に決める。しかし、頼りない輪郭をしたその月と同様、真大の気持ちは、揺れ動いた。

櫂のそばにいたい。彼にそばにいてほしい。

櫂がトミタに入社したとしても、会おうと思えばいつでも会える。今までのように毎日会えなくなるからと言って、それがいったい何だ。四六時中彼の顔を見て、一緒にいたいなんて、子供だってそんな我が儘は言わないはずだ——。

(櫂くん。……櫂くん、……櫂……)

心の中で櫂を呼んで、真大は立ち止まった。足が重たくて先へ進まない。この通りのずっと向こうに大学はあるのに、真大は一歩も動けなくなって、歩道で立ち尽くした。

大学教授の自分を取り戻したくても、櫂より自分の方が年上だと言い聞かそうとしても、我が儘な想いが胸の奥から消えてくれない。櫂を手放したくない。

(こんな気持ちで、僕は彼を、快くトミタに送り出してあげられるだろうか)

歩くことを忘れた靴の先を見詰めながら、真大は自分を叱った。自分の気持ちは二の次でいい。櫂の将来のことだけを考えようと、上着の内ポケットに入れていた彼に渡す書類を、コートの上から掌で押さえた。

「耀――」

するると、真大の呟きに答えるように、携帯電話が鳴った。聞き慣れた映画音楽の名曲。耀からの着信を告げる『雨に唄えば』が、車道を走る車の走行音に混じって、真大を呼んでいる。

「も、もしもし……っ、耀くん？」

急いで電話に出たせいで、声が上擦《うわず》ってしまう。彼に変に思われるかもしれない。

『ああ、俺。どうしたの。何か、慌ててない？』

「そ、そんなことないよ。急に電話が鳴ったからびっくりしただけ」

『そう。それならいいけど』

「試験は？　もう終わった？」

この数日、耀の試験の進み具合が気になって仕方なかった。どきどきと胸を鳴らせる真大とは対照的に、耀はいたって落ち着いている。

『終わったよ』

「今日は面接だったよね？　緊張したと思うけど、どうだった――？」

『普通』

「普通って。記述試験や口述試験は？」

『それなりにこなした』

　燿の返答では、試験の出来がよかったのか悪かったのかも、手応えがあったのかなかったのかも分からない。焦《じ》れるような想いで、真大は電話を握り締めた。

『なあ、俺のことより今何してんの。あんたの教授室に寄ったら鍵閉まってた』

「外出していたんだ。今はえっと……南洛大通り前のバス停の近くにいる」

『車、出す？』

「え？」

『迎えが必要かって聞いてんの』

「燿くんは、どこにいるの」

『俺の部屋。——面接が終わってすぐにシャワーを浴びて、待ってんだけど』

「誰を？」

『バカ。天然。鈍過ぎる。ムカつく』

「燿くん、ひどいよ……」

『もういいから、真大、今すぐ来いよ。電話じゃご褒美にならない。早くあんたの顔を見て話したい』

「燿、くん」

　真大の耳が、突然熱を持ったように火照った。燿のまっすぐで正直な気持ちが、掠れた声になって真大に届く。

『――俺を待たせるなよ。真大。あんたに今すぐ会いたいんだ』

「……っ！」

燿の言葉を最後まで聞いたかも、何か自分が言葉を返したかも、真大はよく分からなかった。あんなに動かなかった両足が、勝手に歩道を駆け出す。

（燿くんが、今すぐ会いたいって）

手にしたままだった携帯電話を、真大は走りながらコートのポケットに入れた。研究ばかりでろくに運動をしたことがないから、全速力はそう長くはもたない。それでも、真大は足を止めなかった。

「はっ……、はあっ……」

信号をいくつも過ぎて、交差点をいくつも渡って、真大は燿のマンションを目指した。途中でタクシーを拾うことも、バスに乗ることも考え付かないくらい、ただ燿のもとへ辿り着くことだけで、頭がいっぱいだった。

「燿くん――」

燿から電話があるまで、彼の将来と自分の我が儘の狭間で揺れていたのに。理性的になろうとしても、燿を欲しがる本能がそれを邪魔する。

壊れたように疼く左胸をどうすることもできない。燿に会いたいと言われて、嬉しくて仕方ない。試験が終わってすぐに、彼は何よりもまず先に真大を求めた。欲のなさ過ぎる櫂は、なんてかわいらしくて、いとおしい人なんだろう。

(櫂くん、櫂、君は僕の、たった一人の恋人。大切な、大切な、僕だけの櫂)

前方に見えてきた七階建てのマンションの敷地に、真大はコートの裾《すそ》を翻《ひるがえ》しながら駆け込んだ。駐車場に停《と》まっている赤いスポーツカーを横目にしながら、エレベーターの到着さえも待てずに、三階まで非常階段を駆け上がる。

ピンポン、ピンポン。櫂の部屋のチャイムを、息を切らして押すと、ドアはすぐに開いた。

「遅いよ」

「はあっ、はっ、ごめ、ん。櫂くん……っ」

「――入って」

櫂は言うなり、真大の肩を摑んで引っ張った。閉まったドアの内側へと招き入れられたのと、唇を熱い彼の唇で塞《ふさ》がれたのは、ほとんど同時だった。

「――真大――」

「櫂……っ、んっ、んう――」

「ん……」

走ってきたばかりで、息が苦しい。酸欠で気が遠くなりながら、それでも真大は、キスをやめたくなかった。

「ふ、う……っ、んんっ、んっ、か、い、……んっ、んっ」

櫂を貪《むさぼ》った熱烈な数分間が、理性を忘れさせる。櫂の唇の温度を唇で確かめて、真大は自分が、どんなにそれを欲しがっていたかを思い知った。

「真大、めちゃくちゃこうしたかった。試験なんか二度とごめんだ。あんたを我慢するの、俺には、つらい」

真大と同じ想いに駆られていた櫂が、どこか痛んだように、小さな声で囁いている。今にも涙が零れ落ちそうな真大の視界は、白く曇った。

「ぼく、僕も……っ。きみに、あ、会いた、か、た」

「――何だよ。何泣きそうになってんの。すぐ抱きたいのに、ひどくできねぇじゃん」

「いいよ……っ、君のいいように、ひどくして。僕も待てない。ご褒美、早く」

「バカ。どっちのご褒美か分かってんの――？」

何度目かのキスに溺《おぼ》れた後、櫂に肩を抱かれるまま、真大は部屋の奥のベッドへと連れて行かれた。

ホテルのそれのように広くない、二人で寝転べばいっぱいになるセミダブル。櫂の匂いで満ちたシーツに、真大の銀のフレームの眼鏡《めがね》が落ちる。真大のコートも上着も、櫂は中途半端に脱がしてから、まるで腹をすかせたオオカミのように首筋に齧りついた。

「あ……っ、あぁ……っ」

痛いほど歯を立てられ、赤い痕をいくつもつけられて、甘い悲鳴を上げる。その声さえもキスで奪われながら、真大は櫂の首に両腕を回して、全身で、もっと、とねだった。

「真大、……真大……っ」

キスとキスの短い合間に、ベルトを外されてスラックスを下ろされる。こんなに性急なやり方をする櫂を見るのは、二度目だった。一度目はまだ恋人になる前。水曜日のたびにホテルで彼を買っていた頃、真大にかかってきた知也の電話に怒って、櫂が初めて独占欲を剝《む》き出しにした、あの時以来だ。

(……あの時、櫂くんの心の中が少しだけ見えた。僕は驚きながら、彼を手に入れたいと思って、自分からキスをした。でも……っ、今は、今は——ただ嬉しい)

優しくできないほど余裕をなくした櫂を、嚙みつくようなキスしかできない彼を、どうして失うことができるだろう。この恋の答えはもう導き出されている。

「……櫂……っ」

乱暴に割り開かれた膝に食い込んだ指も、馴《な》らすために体の奥深くへ入ってきた指も、櫂がくれる痛みなら全部欲しい。

灼熱《しゃくねつ》のように猛《たけ》った櫂に貫《つらぬ》かれて、真大は一瞬、気を失いかけた。激しく腰を打ち付けられるたびに、大きく広げられた足が軋《きし》んで、無意識に櫂の体にしがみ付く。

(僕の——もの)

誰にも、何にも、燿を奪われたくなかった。独りよがりな我が儘だと分かっていても、彼を自分だけのものにしていたい。

聞き分けのいい、年上の大人のふりなんかできない。教授であることも論外だ。この先ずっと、燿をそばに置いて、トミタの研究所へ行かせたくない。

「燿……、……燿――」

胸の奥の想いの全てが、涙に代わって真大の瞳から溢れていく。体ごと真大を貪って思うままに暴れていた燿が、泣き顔に気付いて律動を止めた。

「真大。どうした……？　また、怖がらせたか？」

優しい手に頰を包まれ、キスと同じ距離から覗き込まれて、真大はしゃくり上げた。これは怖い涙でも、つらい涙でも、悲しい涙でもない。

「何でも、ない」

真大、と、燿がまっすぐな瞳をして呼んでいる。自分の名前の形を刻んだ唇に、真大は熱いキスを捧げて言った。

「君を愛しているだけ」

触れ合わせた唇から、燿の震えが伝わってくる。――彼も真大を愛している。緩やかに再開された律動に、乱れた髪の先まで満たされて、真大は燿を抱き締める腕の力を強くした。

「――あのトミタが、俺をヘッドハントしに来るなんてな」

考えもしなかった、という風に瞳を丸くしながら、櫂は入社を促《うなが》す書類を手にして、ベッドにごろりと仰向《あおむ》けになった。

彼とベッドに入ったのは夕刻になる前だったのに、今は窓の外は真っ暗だ。何度も激しく求め合って、少しだけ眠った後も、真大は櫂と離れるのが嫌でベッドを下りられなかった。

「トミタ会長のサインも入っている、正式な文書だよ。一学生を獲得するために、常務取締役が動くことも通常では考えられない。君の可能性を、それだけトミタは買っているということだ」

「ふうん。――常務さん、ね」

書類をめくる櫂の長い指先を、なるべく見ないように瞳を伏せて、真大は冷たいグレープフルーツジュースを飲んだ。起き抜けに櫂が出してくれたそれは、少量のリキュールが混ぜられていて、からからに渇いた真大の口中をほろ苦く刺激する。

(そんな書類、捨てちゃえって、本当は言いたい)

彼に書類を見せずに、先に自分の手で破り捨てる選択もあったのに。そうする勇気がなかった真大は、正直に決定権を櫂に委《ゆだ》ねた。

「君の大学院の合否を、向こうは問わないって。試験の直後にこんなことを言うのはふさわしくないけど、最高の滑り止めができたと思えば、いいんじゃないかな」

「滑り止め？」

「……気を悪くしたらごめん。もし院に進めなくても、トミタに入るなら条件的には最高だと思うから。今度、先方が君と面会をしたいと言っていた。必要だったら、僕も同席するよ」

自棄酒《やけざけ》のビールを呷る人のように、真大はグラスをひといきで飲み干そうとした。すると、目の前をふわりと白い紙が横切っていく。翼の部分に会長のサインのある紙飛行機が、ベッドを離れて部屋の向こうのキッチンへと飛んでいった。

「櫂くん、何して――」

「つまんねぇ書類でもよく飛ぶな」

「え？」

「喉が渇いた。俺にもそれ、一口ちょうだい」

紙飛行機を飛ばした指が、真大の手元からグラスを奪う。こくこく、と健やかに上下する櫂の喉を見詰めて、真大は大きく瞬きをした。

「櫂くん、あの……、今の書類、よく読んだ？」

「読んだよ。何かいろいろおいしいことが書いてあったけど、覚える必要もないし」

「ど、どういう、こと？」

「以前の俺なら、喜んでこの話に飛びついただろうけど、今は院に進むことしか考えてない」

「でも……っ、トミタの研究所は充実しているよ。待遇の面も、君の将来のことを考えたら、大学に残るよりトミタへ入った方が」

「そのトミタを辞めた人間が、よくそんなことを言えるよな」

櫂は腕を伸ばして、グラスをベッドの下へ置くと、真大の体の上でうつ伏せになった。

一回り以上も大きい櫂に、全身で包み込まれている。彼の鼓動が耳のすぐそばで聞こえて、力強く刻むそのリズムに、真大の胸もシンクロした。

「トミタの誘いは断る。俺はあんたと一緒に研究がしたいんだ。何億積まれたって、どこにも行かない」

「櫂くん……っ」

「あんたの助手の座は、誰にも譲る気ないから。——俺は、いつか真大みたいな研究者になろうと思って、院の試験を受けたんだぞ」

「ほ……本当……？」

頷いた櫂の頬に、真大は自分の手を添えた。ちゅ、と親指に贈られたキスが、瞬《また》く間に真大の体じゅうを熱くしていく。

「だから真大、あんたは俺が合格することだけを祈ってろ」

「うん。うん——、櫂くん」

「俺にとっては、トミタを蹴ることより、偉い常務とあんたが俺に黙って会ってたことの方が重大だ。なあ、知也の奴と何を話した。俺に焼きもちを焼かせる覚悟はあるんだろうな？」

むぎゅ、と両頬を指で引っ張られて、真大は微笑んだ。自分にだけ注がれる櫂の眼差しを受け止めて、その笑みはいつの間にか、泣き笑いに変わっていく。

「何とか言ってみろよ。無理矢理あんたの口を割らせるぞ――」

そう言って櫂がくれた、独占欲のキスは、今日二人で交わしたどのキスよりも甘かった。

真大は櫂の背中を抱き締め返して、言葉よりもずっと饒舌《じょうぜつ》なキスに、時間を忘れて溺れていった。

◇　◇

「――お待たせしました。カフェ・ロワイヤルです」

粉雪の舞う街中を歩いてきた身に、湯気のゆらめく温かいカクテルはありがたい。洗練されたマホガニー材のカウンターで、カップを両手に持って頬を綻《ほころ》ばせる真大に、黒タイのバーテンダーはショットグラスを掲げて囁いた。

「俺もいただきますね。お客様」

「どうぞ。今日は君のお祝いだもの。このお店で一番高いお酒を飲んで」

「知らないよ？　強気なことを言って、あんたの薄給が吹っ飛んでも」

意地悪なことを言いながら、くす、と片方の口角を上げる微笑み方が、真大にはとても魅力的に見える。

櫂のグラスに、真大はカップをそっと触れさせて、祝福の乾杯をした。

「大学院合格、おめでとう。四月からは博士課程の講義で君を待っています」

「ありがと。引き続き、バイ研のラボでもよろしく」

「こちらこそよろしくお願いします」

一口啜った濃いめのコーヒーからは、仄かにブランデーの香りが漂っている。他に客のいない『ｅｍｂｅｌｌｉｒ』のカウンターを挟んだ、二人きりのデート。大学院入試の十日後に櫂の合格が発表されてからというもの、真大は今夜の約束を心待ちにしていた。

親元に頼らず、この店のバイト代と、奨学金で四年間を過ごした櫂は、とても真面目な学生だ。そんな彼だから、学費も生活費も大学側が支給する、院の特待生枠に入れたのだろう。真大は学長宛てに櫂の推薦文を提出したが、特待生の選抜会議のメンバーである畑野教授の話では、満場一致で櫂が選ばれたらしい。彼の能力が正当に評価されて、本当によかった。

「そう言えば、櫂くん。入学金も免除だと聞いたのに、何故バイトを再開したの？」

「この店で働くのは好きだし。大学から出た金で、あんたと遊ぶ訳にもいかないだろ」

「え——、僕の、ため？　僕の方が年上なんだから、少しくらい甘えてくれてもいいのに」

「やなんだよ、そういうの。男の意地？　みたいな？　俺の好きにさせろ」

ぐいっ、とショットグラスの中のバーボンを飲み干して、耀は指で唇を拭《ぬぐ》った。意思の強い印象を与える、引き締まった彼のそこが、ほんのりと赤みを帯びている。耀が照れていることに気付いて、真大の胸の奥が温かくなった。

「君にお祝いのプレゼントをしないとね。何か欲しいものはない？」

「あんた今の俺の話を聞いてたのかよ」

「聞いたよ、ちゃんと。……でも、君は何でも一人で考えて、一人で選択する人だから、僕の出る幕がなくて、少し寂しい。だからプレゼントぐらいは奮発したいなって、思ったんだ」

「真大……」

　すると、耀は困ったように頭の後ろを掻いて、ぼそ、と呟いた。

「引っ越せ」

「え？」

「あんたが今住んでるマンションから、引っ越せって言ったの」

「な、何で？」

「——あそこは大学関係者しか住んでないだろ。学生の俺がしょっちゅう部屋に出入りしてたら、あんたが変に思われる。だから、新しい部屋を借りろよ。プレゼントはそれがいい」

「もしかして……燿くんが僕の部屋に遊びに来てくれなかったのは、そのせい？」

「そうだよ。ほんと、鈍いな。こっちはいろいろ気を遣ってんのに。ったく」

ぶつぶつと悪態をつきながら、燿はおかわりのバーボンをグラスに注いでいる。彼の唇の赤みが、頬や耳の上の方にまで広がっていくのを、真大も顔を真っ赤にしながら見詰めた。

「あんたは車の免許は持ってんの？」

「も、持ってるよ。しばらく運転はしてないけど、車もいちおう、実家にある」

「じゃあ、俺が特訓してやるよ。なるべく大学から離れたマンションに引っ越せ。そしたら通ってやる。たまには部屋に泊まって、あんたに俺の分も朝メシ作らせてやるから」

「うん……！　絶対、約束だよ――」

恥ずかしがる燿の左手の小指に、真大は自分の小指を絡ませた。

「春休みの間に、いい物件を探すよ。君も手伝って」

「ああ。バイトが終わったら、早速今日から付き合うよ」

セピア色の間接照明の下で、無邪気に交わした指きり。店の窓から見える夜景は雪に彩られていても、真大が燿に出会って二度目の春は、すぐそこまでやって来ていた。

END

あとがき

こんにちは。または初めまして。御堂なな子です。このたびは『つめたい恋の代償』をお手に取っていただきまして、ありがとうございます。

この物語は「自称冷たい男が、綺麗な年上の人と出会い、その人との関係にのめり込んでいくうちに、自分で自分の首を絞めた挙句に、恋に堕ちる」という内容です。攻め視点でみっしり書くことができて、攻めスキーとしてはとても嬉しいです！　しかも年下攻め！　眼鏡受け！　私の趣味全開の一冊となっています。体の関係から始まる少しスリリングなストーリーですが、一つの純愛ものとして読んでいただけたら幸いです。

普段は社会的地位の高い人だったり、お金持ちだったり、心身ともに余裕のある大人な攻めキャラを書くことが多いのですが、今回の櫂は余裕が全然ありません。受けの真大に対して優位に立っていられるのは最初のうちだけで、だんだん感情を剝き出しにしていきます。櫂は常にメリットを重んじて合理的に生きてきた人なのに、自分とは真逆の不器用な生き方をしてきた真大に出会って、不合理でしかない本当の恋に目覚めてしまいました。櫂が真大によってどんどん変わっていく（本来の彼が露わになっていく）姿を書くのは、とてもとても楽しく、同時に痛々しく、作家のS心をくすぐられました。逆に真大は、櫂が恋に堕ちていくごとに自分の想いを固めて強くなっていくので、こっちは微笑ましくて見守ってあげたくなります。

この本を読んでくださった方の中で、何かデジャヴを感じた方がいらっしゃるかもしれません。表題作は以前『涸れない男』というタイトルで雑誌に掲載していただいた作品でした。当時はまだプロになりたくて投稿をしていた時期で、本屋さんに並ぶ雑誌の表紙に自分のペンネームがあることにドキドキして、緊張と興奮と恐縮が同時に襲ってきたことを思い出します。

あれから数年、ペンネームを変えてデビューした私に、もう一度この作品に携わるチャンスが巡ってくるとは全然予想していませんでした。耀と真大がいつか本になったらいい——こっそり抱いてきた願いが叶うなんて、こんなことが本当にあっていいんでしょうか。ここだけの話、担当様から文庫化のＯＫをいただいた時は、幸せを噛み締めて一人で泣きました。

元々原稿用紙百枚の長さの投稿作品なので、本にするためにはたくさん加筆しなければいけないのですが、「筆が止まらない」という状態を今回初めて経験しました。書いても書いても文章が頭から溢れてきて、勝手に指がキーボードを叩くんです。めちゃめちゃ遅筆なので、いつもそうだったらいいのに！　あ、でも今回の異常なキーボードの酷使が、私のパソコンの故障を早めたかもしれません。現在新しいキーボードに慣れるために訓練中です。

このたびの発刊にあたり、たくさんの方々にご協力をいただきました。イラストを担当してくださった花小蒔朔衣先生、お忙しい中お引き受けくださってありがとうございました！　たくさんラフを描いていただいて、どれも全部素敵で、選ぶのに大変苦労しました。先生の描かれる精悍な色気を漂わせた耀と、誰よりも純真なのに魔性を秘めている真大が大好きです。それから、知也を爽やかに描いてくださって嬉しかったです。本当にありがとうございました。

この話は耀の初恋物語だと言ってくださった担当様。私もそう思います。耀の初めての本気の恋を、一冊の本にしてくださってありがとうございました。気が付けば私の十冊目の節目の本です。ゆっくりした歩みですが、これからもどうぞよろしくお願いいたします。

雑誌掲載時にお世話になりましたリンクス編集部様、イラストを提供してくださった宮本佳野先生、この場を借りてお礼申し上げます。右も左も分からなかった当時、プロの世界を覗くことができた貴重な体験でした。あの時の経験が今の自分のベースになっています。

あとがきの常連Yちゃん、長年の思いが成就しましたよ。そして家族、静かに応援してくださっている方々、いつもありがとう。また次もがんばります。

最後になりましたが読者の皆様、ここまで読んでくださってありがとうございました！

あとがきの後に物語はもう少し続きますので、甘さ増量の耀と真大の後日談をぜひお楽しみくださいませ。

それでは、次の作品でまたお目にかかれることを祈りつつ、自分も今作を読んできます。

御堂なな子

恋人が淹《い》れたコーヒーの香りで目が覚める朝ほど、幸福なことはない。

目覚まし時計のアラームが鳴る前に、櫂《かい》はベッドから体を起こして、隣を見た。小さな頭の形にへこんだ枕と、丁寧にたたまれた一人分の夜着。つ、とそのまま視線を前方へ伸ばすと、真新しいフローリングの床の向こうに、開け放ったままのドアが見える。

コーヒーの香りは、そのドアの先のリビングから漂っていた。寝室の高い天井も、朝の陽光が眩《まぶ》しく射し込む窓も、どことなく見慣れないのは、家主である恋人がここに引っ越してきて、まだ間もないからだ。真大《まひろ》と櫂が通う洛央《らくおう》大学から、車で三十分も離れた3LDKの新築マンション。通勤通学に不便な部屋を契約したのには、大きな理由がある。

このマンションには、大学関係者が一人も住んでいない。誰にも知られてはいけない秘密の恋を育てるために、二人で探した隠れ家なのだ。

「――おはよう。真大」

櫂は寝室を出ると、キッチンで朝食の用意をしている最中の恋人へ、声をかけた。

「櫂くん、おはよう」

くるっ、と後ろを振り向いた真大が、櫂を見つけて微笑《ほほえ》む。彼は淡いグリーンのエプロンを着けて、フライ返しを片手に目玉焼きを作っていた。

「朝ご飯、もうすぐできるから。ちょっと待っててね」

「ああ。今日は何？」

「エッグマフィンと、トマトのサラダ。あと、昨夜の残りのポトフを温めてるよ」

「あんたは本当に、朝食だけは手を抜かないな」

「朝ちゃんと食べておけば、昼と夜は研究で潰《つぶ》れても何とかなるから」

「はは。確かに」

「見て、櫂くん。この新鮮なトマト、農学部の先生に分けてもらったんだ。学内のハウスで作ってる希少種だって」

「GMO（遺伝子組み換え作物）じゃないだろうな――」

「違う違う。はい、味見してみて」

フォークで刺したトマトの一かけを、真大は櫂の口元へと運んだ。恋人が食べさせてくれたそれは、彼に似て瑞々《みずみず》しくて、フルーツのように甘い。

「うまいよ、これ。あんたも味見」

櫂はそう言って、仄《ほの》かにトマトの風味を残した唇で、真大の唇を奪った。ちゅ、と優しく触れるだけの、朝食前のキス。櫂がこの部屋に泊まった時は、必ずと言っていいほど交わす挨拶だった。

「……あれ？　さっきつまみ食いをした時と、味が違う。こんなに甘かったかな」

「何、つまみ食い？　あんた俺の寝込みでも襲ったの？」

わざとらしく驚いたふりをして、櫂はキスをした唇を手で隠す。すると、真大は頬《ほお》を赤くして反論した。

「トマトの話をしてるのっ。――もう、櫂くんは……っ。僕をすぐにからかうんだから」

「あんたの反応がいちいちおもしろいんだよ。いいレポートが書けそう」

「E評価をつけて突き返してあげるよ。櫂くん、まだ顔が眠たそうだ。もう少し寝ていてもよかったのに。昨日は遅くまで起きて、調べものをしていたよね」

「いつものことだし。それに、アラームが鳴ってから起きたら、あんたのかわいいかっこ、見れないじゃん」

エプロンの胸の辺りについている、小さなウサギの刺繍。それが似合う二十八歳の男なんて、学内を探しても真大くらいしか見当たらない。

櫂は刺繍を指でなぞって、エプロンの下の肌にも響くように、ゆっくりと円を描いた。

「んっ……」

くすぐったそうに瞳を伏せた真大を、もう片方の手で抱き寄せる。とすん、と彼が櫂の胸に凭《もた》れた頃には、エプロンの後ろのリボンは解《ほど》けかけていた。

「あんたの髪、コーヒーと卵と、あと何だ……ベーコンか。いい匂いがする」

食欲旺盛な櫂の唇が、真大の耳朶《みみたぶ》を柔らかく食《は》む。すきっ腹よりも先に満たされたいどこかが、不埒《ふらち》にも硬く自己主張しながら、真大の下腹部を擦《こす》り上げている。

「……あ…っ、櫂くん――駄目」

「あんたがうまそうな匂いをさせて、エプロンなんかしてるからだ。朝メシの前に、こっちを何とかして」

「駄目だよ。講義に遅刻する――」

「俺の車に乗せてやるよ。あんたのへたくそな運転じゃ、大学まで倍時間がかかるからな」

「本当に、駄目だってば……っ、櫂くん。せっかく大学から遠いマンションを探したのに、同じ車で通学したら、みんなに怪しまれちゃうよ」

「――くそ。意外に冷静だな」

「ぼ、僕の方が六つも年上だもの。君の我儘《わがまま》を窘《たしな》めるのは、僕の役目だ」

櫂を我が儘にさせているのは、間違いなく真大なのに。真っ赤な顔で年上ぶられても、何の説得力もない。しかし、櫂は年上と言い張る真大のプライドを立ててやって、彼を腕の中から解放した。

「分かったよ。顔洗ってくる」

「う、うん。あの……櫂くん」

「何」

「今日の夜なら、時間、空くかも。明日は午前中はここにいられるし、少しだけど、ゆっくりできるよ」

エプロンの前ポケットを握り締めて、真大は恥ずかしそうにしながら、上目遣いで誘惑してくる。耀からすれば、まだ萎《な》えていない某所を夜まで放置するのは、とても苦痛だ。自分の欲求を満たすより、真大を大事にしたい気持ちが勝っていなければ、彼の前で紳士でいることは難しい。

「明日は——あんた沖縄に飛ぶんじゃなかった？」

「うん。夕方には南海《なんかい》大のラボにいる予定。さっきのトマトをくれた先生も『バイオウージ・プロジェクト』のメンバーなんだ」

バイオウージ・プロジェクトとは、真大と農学部、そして南海大の工学部が合同研究をしている、サトウキビの品種改良計画だ。ちなみにサトウキビは沖縄の方言でウージという。

「あんまり無理して時間を作らなくていい。俺だって、お預けって言われたらちゃんと聞けるよ？」

「でも僕は、耀くんと、少しでも一緒にいたいから」

どうしてこうも、真大はストレートに自分の想いを伝えてくるんだろう。子供のようなあどけなさで、彼は耀の心を鷲摑《わしづか》みにして、夢中にさせてしまう。

「じゃあ夜に、疲れてなかったら連絡して。俺もここ最近忙しいんだ。開発中のエタノール・カーの走行テストを控えててさ」

「それは楽しみだね。僕も見学させてもらえないかな」

「手配しとくよ。——真大、目玉焼き、焦げてんじゃない？　炭化してる匂いがする」

「あっ！　いけないっ」

慌ててフライパンの蓋《ふた》を取る真大の姿に、ふふ、と微笑んでから、櫂は洗面室へと向かった。新品の曇り一つない鏡には、随分と目元が優しくなった自分の顔が映り込んでいる。もう少し野性味を取り戻したいところだが、これ以上ない幸福な気持ちで過ごしている朝に、そんな顔はきっとふさわしくないだろう。

（博士課程は忙しいって分かってたけど、なんで今日は、休みじゃないんだ）

できるなら何時間でも、真大とじゃれていたいのに。休みらしい休みなんて、大学院生になったこの二ヶ月の間、何日あっただろうか。人気教授の真大のスケジュールは櫂よりもっと殺人的で、彼がいったいいつ眠っているのか分からないほどだった。

「――櫂くん、ごめん。新しいタオルを出すの忘れちゃってた」

ざぶざぶと顔を洗っていた櫂は、鼻先から水を滴《したた》らせながら、声が聞こえた方を向いた。エプロン姿で白いタオルを手に立っている真大は、櫂の瞳には大学教授に見えない。かいがいしくて世話焼きの、かけがえのない恋人だ。

「ん」

拭いて、と濡《ぬ》れた顔を斜めに傾《かし》げて見せると、真大はかわいい顔で笑って、櫂の頬をタオルで包んだ。

「君は我が儘で、その上、甘えん坊だね」

「あんたは好きだろ。こういうくすぐったいことすんの」

「うん、大好き。——燿くん。僕に甘えてくれる君は、本当に優しい人だ」

ぽふぽふ、と水滴を拭《ぬぐ》ってくれる彼の仕草の方が、優しい。燿はもう一度真大を抱き締めたくなるのをこらえて、タオルに埋もれた瞼《まぶた》を閉じた。

（……俺の方が勝手に甘えてんの、分かってないんだろうな）

大学の内外で天才科学者ともてはやされている真大は、恋愛の機微に関しては少々鈍い。だから、自分が燿の牙《きば》をとっくに抜いてしまっていることさえ、気付いていないのだ。

「さっぱりした？　ご飯にしよう、燿くん」

「ああ。あんたの言った通り、三食分、腹に詰め込んでおくことにするよ」

コーヒーメーカーから立ち上るいい香りが、この洗面室にも満ちている。燿は朝食での唯一の自分の担当である、コーヒーをマグカップへ注ぎ分ける仕事をしに、真大の肩を抱いてキッチンへと戻った。


——今朝食べたエッグマフィンとサラダとポトフは、いったいどこに消えてしまったのだろう。燿の胃が、白衣の下からしつこく空腹を訴えている。洛央《らくおう》大のある学園都市はすっかり星空に包まれているが、研究棟の窓のないクリーンルームからは、外の景色は見られない。

今日は一日中、エタノール・カーの試作エンジンを前に、思うように上がらない燃費効率の背景を探っていた。自動車メーカー各社と洛央大との共同開発チームによって、エタノールで車を走らせる技術は既に確立しているが、そこからいかに燃費をよくして自然環境を守るかが、このチームに参加している櫂の最大の研究テーマだ。

地道なデータ取りの連続でも、学生と企業の研究者が対等に議論を重ねられるし、好きな自動車を開発する現場にいられることを、櫂はとても楽しんでいる。ただ、あまりに集中し過ぎて、一日が終わる頃にはいつもくたくたになっていた。

「蓮見くん、ちょっと」

簡単なミーティングを終えて、櫂がクリーンルームを出ようとしていると、チームの主任に呼び止められた。主任は以前真大が勤めていたトミタ自動車のエンジニアで、他社の研究者とともに、この洛央大に設けられたエタノール・カー専用ラボに毎日通っている。

「これ、君が申請してた走行テストのビジターパス。日程決まったから、当日は必ず持参してもらって」

「すみません。お手数かけました」

首から下げるホルダー型の、名刺より幾分大きいサイズのパス。その券面に真大の名前が印字されているのを、櫂は見つけた。

「今日頼んだばかりなのに、早いですね」

「北岡《きたおか》さんの分はあらかじめ用意していたからね。我々の作ったエンジンを、偉大な先駆者に見てもらいたいし。彼にはくれぐれもよろしく」

「はい。――それじゃ、お先に失礼します。お疲れさまでした」

燿はパスを白衣のポケットに収めて、ラボを出た。研究棟の廊下は節電でところどころ明かりが落とされていて、夜間に一人で歩いていると、近未来的な景観が際立つ。

「あんたのこと、偉大な先駆者だってさ。真大」

主任は真大より十歳も年上なのに、エンジン開発で名を馳《は》せた彼のことを尊敬している。

恋人が羨望《せんぼう》の対象であることは、燿には誇らしく、同時に研究者のプライドも刺激された。

真大のような一流の研究者になりたい、と、望んで選んだ博士課程の道のりだ。現状、彼との差は開いてばかりでも、いつかは隣に立ちたい。恋人として真大のそばにいることとは、まったく別の意味で。

そのためには、毎日夜遅くまで大学に居残っていることにも、耐えなくてはならない。燿は疲れた手で髪をかき上げながら、私物を取りにバイオマス研究室のラボへ向かった。

「お疲れ――」

「あっ、蓮見先輩、お疲れさまですっ」

ラボにはまだ後輩たちが何人かいて、実験の経過観察に励んでいた。班別に交替制で進めるその作業は、櫂も去年までさんざんやってきたことだ。

入退室の時間や、休講の有無、個人のスケジュールなどを書くことになっているホワイトボードに、櫂は自分の名前を書き込んだ。研究室に所属する誰もが、一日に一度は必ずこのボードをチェックする。人員管理とセキュリティの保持が目的のそれに、別の意味が加わったのは、櫂と真大が恋人どうしになってからだ。

『北岡　20：15　退室』

ボードの一番下の室長欄に、赤いマジックでそう記入されている。櫂は真大のその達筆を見て、くす、と微笑んだ。

「北岡教授、もう帰ったのか？」

「はい。ラボには少し立ち寄っただけで……あれ？　北岡先生、今日は赤字だ。研究中にトラブルでもあったんですかね」

「何それ」

「先生って時々、ボードに赤とか青とか色マジック使うじゃないですか。あれって何か意味があるんじゃないかって、俺たちの間でちょっと噂してるんです」

「――たまたま手元にあるのを使ってるだけだろ。ビーカーでコーヒーを淹れるみたいな、細かいことは頓着しない学者肌なんだよ」

「えー？　あの北岡先生ですよ？　絶対何か意味があると思うけどなあ」

「そうそう。例えば黒は『実験継続中』とか、青は『データ解析中』とか。赤は使用頻度が少ないからマイナス要素で『トラブル発生』かなあ、とか」

「お前らなあ……。くだらないこと考えてないで、ちゃんと観察を続けろ」

櫂は大声で笑いたいのを必死に我慢して、ボードの周りに集まってきた後輩たちを追い払った。彼らはなかなか鋭い読みをしているが、真相には辿《たど》り着いていない。いや、辿り着かれると困る。

櫂はもう一度、ボードの中の真大の字を見て、さっきよりも甘さを増した笑みを浮かべた。

（『20：15。おうちでいい子で待ってる』、か。あんたは本当に、やることなすこと子供っぽいな）

退室時間を書く時、赤いマジックなら、真大は部屋で櫂を待っている。青いマジックなら『また連絡します』という意味で、黒いマジックなら『今日は忙しくて会えない』という意味だ。もっとも、黒の場合が圧倒的に多いし、電話やメールで連絡を取り合えば話は簡単に済む。

しかし、こんな面倒でアナログな連絡方法が、真大は好きだと言う。他の研究室生には内緒の、櫂と二人だけで交わすサイン。それが彼にはとても嬉《うれ》しいことらしい。そして、秘密のサインを無邪気に喜んでいる真大を見ていることが、櫂の一番の楽しみなのだ。

（……ったく。あんたと付き合ってると、俺まで子供に戻っていくよ）

恋に恋する、言葉にならない浮遊感。真大が包まれているものと同じものに、耀も一緒に包まれて、何だか体じゅうをくすぐられている気分だった。

スポーツカーの鋭角的なテールランプが、車の少ない夜の街道に、赤い残像を残していく。法定速度の限度いっぱいまでスピードを上げながら、耀は真大のマンションへと急いでいた。

（こういう時は、やっぱり遠いと不便だ）

大学から離れた知り合いのいない住環境は、真大と気兼ねなく会うには快適だが、すぐに彼を抱き締められないことが難点だ。それでも、二日連続で真大の部屋で過ごせる機会はそうそうない。

自分と一緒にいたい一心で、真大が限られた時間を捻出していることは知っている。不器用でストレートなその健気《けなげ》さが、とても、とても――いとおしい。

「もうすぐ着くから。待ってろ」

無意識にそんな呟《つぶや》きが漏《も》れて、耀は一人きりの車内で口元を押さえた。掌《てのひら》の下の唇が、照れてひん曲がっている。真大の前では格好をつけていたいから、こんな顔は絶対には見せられないし、見せたくない。耀はコンビニとガソリンスタンドに寄って、自分の顔が元のクールさを取り戻すまで待った。

真大のマンションは、学園都市からも繁華街からも離れていて、敷地の広さの割りに居住者が少ない閑静な造りをしている。櫂は二階の角部屋の明かりを確かめてから、駐車場に停《と》めた愛車を降りた。賃貸契約を交わした数日後に、真大がはにかみながら渡してくれた合鍵を手にして、彼の部屋へ向かう。

その鍵でエントランスのオートロックを解除する時、櫂の鼓動は、何故《なぜ》かいつも速くなった。今夜も胸を弾ませて、階段を上った先にある部屋のチャイムを押す。

「――真大？」

反応がないことを不思議に思いながら、櫂はドアを開けた。玄関から続く廊下の先、リビングのソファに凭《もた》れて、真大は転寝《うたたね》をしていた。

さらさらの彼の髪とよく似た、色素の淡い睫毛《まつげ》。ほんの少しだけ開いた小さな唇。寝息と同じリズムで上下している胸元には、毛布やタオルケットは掛かっていない。

「そんな薄着じゃ、風邪ひくよ」

櫂は寝室から毛布を持ってきて、寒くないようにそれで真大を包んだ。ソファの下の床に座って、起きる気配のない彼の寝顔を覗《のぞ》き込む。

「真大……」

せっかく車を飛ばして会いに来たのに、と、心の狭いことは言わない。傍らのテーブルには、櫂の空腹を見越して真大が作った、大ぶりなおにぎりがラップをかけられて置いてある。

「腹がへって死にそうだったんだ。ありがとう、真大」

エンジンに精通したトミタのエンジニアに、偉大な先駆者、と言わせる真大は、櫂にだけは、愛情を惜しげもなく捧げてくれる恋人だ。

彼の健やかな眠りを、何にも邪魔されたくない。たとえそれが、寝顔の頬にキスをしたいという自分の我が儘でも。真大がいとおし過ぎて、何もできない。指一本触れられない。櫂がこんなにも大切に想う相手は、真大が初めてだった。

「ゆっくり寝てろ。後でベッドに運んでやる。明日は空港まで、車で送るから」

リビングの片隅に鎮座している、真大のスーツケース。明日の夜は、彼は沖縄にいる。櫂の方が一人寝に耐えられなくなるのも、時間の問題かもしれない。

まだ温かいおにぎりを一つ齧《かじ》って、櫂は立ち上がった。すると、微《かす》かな声が聞こえる。

「ん……、——い、くん。櫂、……だいすき……」

真大の寝言だ。夢の中にも櫂はいて、真大の愛情を独占しているらしい。

もう一人の自分にキスの権利を譲って、汗を流しにバスルームへ向かう。かわいい真大の寝言がかき消されるのが嫌で、櫂は耳元を滑り落ちるシャワーの水量を、少なくした。

END

✦初出　つめたい恋の代償………小説リンクス（2007年12月号）
「涸れない男」を改題、大幅加筆修正しました
わがままな恋の答え……書き下ろし

御堂なな子先生、花小蒔朔衣先生へのお便り、本作品に関するご意見、ご感想などは
〒151-0051 東京都渋谷区千駄ヶ谷 4-9-7
幻冬舎コミックス　ルチル文庫「つめたい恋の代償」係まで。

幻冬舎ルチル文庫

つめたい恋の代償

2013年5月20日　　第1刷発行

✦著者　御堂なな子　みどう ななこ

✦発行人　伊藤嘉彦

✦発行元　株式会社 幻冬舎コミックス
〒151-0051 東京都渋谷区千駄ヶ谷 4-9-7
電話 03(5411)6431［編集］

✦発売元　株式会社 幻冬舎
〒151-0051 東京都渋谷区千駄ヶ谷 4-9-7
電話 03(5411)6222［営業］
振替 00120-8-767643

✦印刷・製本所　中央精版印刷株式会社

✦検印廃止

万一、落丁乱丁のある場合は送料当社負担でお取替致します。幻冬舎宛にお送り下さい。
本書の一部あるいは全部を無断で複写複製(デジタルデータ化も含みます)、放送、データ配信等をすることは、法律で認められた場合を除き、著作権の侵害となります。

定価はカバーに表示してあります。

©MIDOU NANAKO, GENTOSHA COMICS 2013
ISBN978-4-344-82844-5　C0193　Printed in Japan

本作品はフィクションです。実在の人物・団体・事件などには関係ありません。

幻冬舎コミックスホームページ　http://www.gentosha-comics.net